徳 間 文 庫

猫ヲ捜ス夢
蘆《あし》野《の》原《はら》偲《し》郷《きょう》

小 路 幸 也

徳 間 書 店

その郷に住まう者は、為《な》す事を為し。

猫ヲ捜ス夢

蘆《あし》野《の》原《はら》偲《し》郷《きょう》

design：AFTERGLOW

登場人物

和野正也　かけだしの作家。蘆野原の一族の長筋。父と姉が戦争で行方不明になっている。
美津濃知水　正也の幼馴染み。身体が弱い。〝事を見分ける〟役目を負う蘆野原の一族。
百代　知水の母。夫の泉水は、戦地で亡くなった。
上楽野添　正也の父・和弥の師。蘆野原の郷の者。
美波　事を感じることができるが、口がきけない少女。

壱

Episode
1

子猫が、黒い板塀の隙間《すきま》からこちらを窺《うかが》っているのが見えた。

夕餉《ゆうげ》の支度《したく》の煙と匂いがやんわりと混じり合って、辺《あた》りにほのかに漂《ただよ》っているから、そのいい匂いに誘われたのだろうか。それとも親猫とはぐれたのか。

夕暮れが深くなって暗がりが濃くなり、判然としないけれど焦茶色《こげちゃいろ》の縞《しま》らしき模様の猫だ。凡《およ》そ飼猫ではなく野良猫だろう。

眼が合っても、逃げない。少しゆっくりと歩いて様子を見ても逃げない。その真ん丸い愛らしい瞳につい頰《ほお》が緩《ゆる》んでしまう。そして立ち止まりそうになってしまうのだけれども、歩は止めない。

「ごめんな」

そう小さく呟《つぶや》いて、通り過ぎる。せめて何か上げられるものは、食べ物はないかと考えたけれども、鞄《かばん》の中にも上着のポケットにも、飴のひとつも上げられるものはない。

猫は、飼えないんだ。

そもそも人様が喰っていくのにも汲々《きゅうきゅう》としているこの時節に、犬猫を拾って飼う余裕など何処《どこ》にも無いのだ。仮に拾ったとしても、ひもじい思いをさせてしまうのでは犬猫だって可哀相《かわいそう》だろう。

そう自分に言い聞かせる。

ただ、猫の一匹ぐらいならどうとでもなる。毎日お腹一杯食べさせることは出来ないかも知れないが、雨風を凌《しの》ぐ寝床を与えて可愛がることは簡単だ。

それでも、飼うことは出来ない。

いつか姉さんが、猫の姿で帰ってくるかもしれないからだ。

その時に、家の中に他の猫がいたらどうなるのかと考えると躊躇《ちゅうちょ》してしまう。

普通の猫ではないのだから何の問題もないのかも知れないが、判《わか》らない。それを訊《き》ける人たちも、今は誰も居ない。

「ごめんな」

もう一度呟いて、家路を急ぐ。

僕たちは、真っ白な猫が家に帰ってくるのを待っているんだ。

戦争が終わってからも、ずっと。

壱
Episode 1

醇蕾

——しゅんらい——


からからと格子戸を開ける。三和土《たたき》に一歩足を踏み入れる。

「只今帰りました」

奥から「お帰りなさい」と声が響《ひび》く。軽く廊下を踏む足音がして、白い割烹着《かっぽうぎ》を着けた百代《ももよ》さんが笑顔を見せながらやってきて、上がり口に腰を下《お》ろして靴紐《くつひも》を解《ほど》く僕の隣に、つい、と膝《ひざ》をついた。

「正也《まさや》さん、お疲れ様でした」

「はい。戻りました」

「如何《いかが》でしたか？ 首尾《しゅび》は」

百代さんがほんの少し声を潜《ひそ》めて訊いたので、一度渋面を作ってから済まなそうな顔を見せるとすぐに、ぽん、と、肩を軽く叩《たた》いた。

「大丈夫。その内に何とかなります」

そう明るい声音《こわね》で言って笑顔を作ってくれたので、僕も笑顔を返した。

「と、言うのは冗談です」

「まぁ」

立ち上がりながら、上着の胸の辺りを軽く叩いた。

「些少《さしょう》ながらも、原稿料をせしめて来ました。明日は買い物に行ってツケも払ってきましょう。しばらくの間は飯の心配をしなくて済みますよ」

「良うございました！　ありがとうございます」

百代さんの長所は表情が豊かで素直なことだと思う。心に映ることがそのまま顔に出る。だから、他人同士なのに、一緒に暮らしていて心の内が判らないと思い悩むことがないのだ。

「直《す》ぐにご飯にしますからね。裏の田中《たなか》さんから大根を分けていただいたので、風呂吹きにしましたから」

「はい。知水《ともみ》は、どうですか」

百代さんが小さく頷《うなず》いた。

「今日はずっと加減が良いみたいで、書斎におりますよ」

「そうですか」

台所からの明かりで照らされているだけの薄暗い廊下を歩いて、書斎代わりにしている部屋の襖《ふすま》を開《あ》ける。畳の上にうつぶせになり、座布団を折り畳《たた》んで胸の辺りに当てて本を読んでいる知水がいた。

「お帰りなさーい」

顔を上げ、長い髪の毛を手で掻《か》き分けて、知水は言いながら微笑《ほほえ》んだ。もう二十歳《はたち》は過ぎたのに少年の様な、あるいは少女の様な幼さがいつまでも漂う。

「只今。寒くないのか」

薄い木綿《もめん》の寝巻一つで、はだけたところからどこもかしこも白い肌が覗《のぞ》いている。

「大丈夫。少し暑いぐらい」

「暑くはないだろう」

四月も中頃だ。ようやく名のみの春の冷たさも収まり漫《そぞ》ろ歩きも愉《たの》し気になってきた。実際今帰ってくる時に陽《ひ》が沈んでも上着さえあれば心地良かった。

「熱でもあるんじゃないのか」

僕を見上げた知水の額《ひたい》に手を当てると、微笑みながら頭を動かして手の平から逃れて、細い髪の毛が揺れる。

「熱があるのはいつもの事だよ。それより、今日も来ていたよ。ここは部屋を貸してくれないだろうかって。学生さんたちが」

「そうか」

学生たちの下宿があまりにも少ないと新聞記事にもなっていた。多くの学生たちが下宿先の不足に泣いて、橋の下で寝泊まりしている者もいるとか。

戦火を逃《のが》れたこの辺りでも下宿を始めた家は多いのだ。それで糊口《ここう》を凌げると喜んでいる人たちからも話を聞いた。

我が家も、部屋は余っている。大の男が四畳半に二人寝る覚悟でもあるなら六人は住まえるだろう。

「貸してあげたい気持ちはあるんだけどな」

そうすれば下宿代を頂き少しは蓄《たくわ》えも出来るかもしれないけれども。

「貸せないよね。式造りの家に普通の人がたくさん住み着いちゃあ、式気が乱れるものね」

「そうなんだよな」

僕が生まれる前に死んでしまったけれども、祖父様《じい》が丹精《たんせい》込めて建てた式造りの家。父さんも泉水《いずみ》おじさんも小さい頃からここで育った。

そして、母さんもここで父さんと暮らした。

知水が、ゆっくりと起き上がって胡坐《あぐら》をかき、縁側の向こうの庭を眺《なが》めた。

「諦《あきら》めちゃえばいいんだけどね」

そう言う知水に、声を出さずに頷いた。

少なくとも僕と知水の周囲で〈事〉が起こらなくなってもう何年も経《た》つ。戦争の間は言うに及ばず、戦争が終わってようやくそれ以前の暮らしが戻ろうとしていても、〈事〉が起こらない。

「諦めることなんかできないよ」

言うと、知水も頷いた。

「それに〈事〉が消えることなんか、有り得ない。理《ことわり》が失われてしまってはこの世の全《すべ》てが崩《くず》れてしまう」

「そうだね」

「戦争で全てが崩れたみたいなものだけどね」

皮肉っぽく知水が言う。

〈事〉は〈災厄《さいやく》〉だ。

人に仇《あだ》なすものだ。

だから、それが消えてしまったのならばそんな結構なことはないと思われるかも知れないけれど、そうではないんだ。

〈事〉は、人の世と〈よみのくに〉が繋《つな》がっているからこそ起こるもの。その二つは分かつことなど、繋がりが無くなってしまうことなど、有り得ないんだ。

ただ、もしも、戦争で人が一人残らず死んでしまったのなら、つまり人の世が終わったのならそれも起こり得るのかもしれないけれど。

「まぁ」

言いかけたときだ。

ぱちり、と、音がした。

ほんの幽《かす》かな音。

二人で思わずその音のした方に眼と耳をやる。

「今のは？」

「音がしたな」

ぱちり。

ぱちり。

ぱちり。

まるで、向こうが透《す》けて見えるほどの薄い紙を細い細い針で突くような、かそけき音。

その音が、空気を丸く一緒にはらんで舞うようにして、畳の上のあちこちで鳴る。

「これは」

知水と顔を見合わせた。知水の色素の薄い瞳が驚きに丸くなり、それから喜びに唇が横に延びる。

「正也さん！〈醇蕾〉だ！　そうだよね!?」

思わず力強く頷いた。間違いない。

〈醇蕾〉だ。

〈事〉だ。

〈事〉が起きた。

喜んでいいものではないのに、余りのことに僕も顔が綻《ほころ》んでしまった。いや、そうじゃないんだ。喜んではいけないんだ。

これは〈事〉なんだ。

災厄だ。

「知水。裟為棒《さいぼう》」

「鉛筆でいい？」

「いい」

長く細い棒であれば何でもいい。知水が文机《ふづくえ》の引き出しを開けて、まだ使っていない鉛筆を三本取ってきた。

三本纏《まと》めて左手で握る。握って、緩める。握って、緩める。

ぎゃりん、ぎゃりん、ぎゃりん、と音が鳴る。

知水が僕の隣に胡坐をかき、印を結ぶ。

「先なればよう鳴りて、咲きなればよう生《な》りて、地にも血にも蓄えあれ多可《たか》しくあれ」

三度繰《く》り返して、僕が唱《とな》える。それに合わせて知水が印を結びなおす。

ぱちん、と、音が変わってゆうわりと畳の上に落ちるようにして、消えた。

〈事〉は為《な》した、はず。

「終わったよな？」

「うん、大丈夫。ちゃんと為したよ」

長《おさ》ではなく、長筋《おさすじ》である僕はそれを感じることが出来ない。その代わりにというわけでもないけれども、美津濃《みずの》家の長である知水は〈事〉を見立てられる。

〈醇蕾〉は、善《よ》きことが惑《まど》う時に現れ更に惑わせ善きことをどこかへ連れ去る。だとしたら。

「何か善きことが起こるのか」

「多美《たみ》さん、帰ってくるかな？」

知水の顔が嬉《うれ》しそうに輝く。

「喜ぶにはまだ早い。糠《ぬか》喜びになりかねないぞ」

もっとほんのささやかな、たとえば明日にはどこかから晩のおかずにしてくれと牛肉が手に入るとか、そんなものかもしれない。それでも十二分《じゅうにぶん》に有り難いことなのだけど。

「それでも！」

知水が僕の手を取った。

「〈事〉が起きたんだよ。まだ蘆野原《あしのはら》への道は消えていなかったんだよ」

「そうだな。それだけは、本当に良かった」

消えてはいない。

見えなくなっただけ。

「正也さん、知水」

百代さんの声がする。

「ご飯の支度が出来ましたけど、どうしましょうか。お膳をこっちに運びますか？」

知水が立ち上がって襖を開ける。

「いいよ。台所で食べる」

父さんが若い頃に自分で拵《こしら》えたというテェブルを囲んで、三人でご飯を食べる。

戦争が終わってからの、この三人での暮らしにもすっかり慣れたけれど、ここに居ない人たちのことを思わない日はない。もう何度も何度も三人で話し合ったけれど、結論は出ない。

きっと日本中のあちこちで話されているはずだ。あの人は戦争で死んだと聞かされているけれど、いつか帰ってくるような気がしている、と。

そういう話だ。

「誰か来たかな？」

ふいに知水がそう言って顔を玄関の方に向けた。知水は耳がいい。すぐに、遠慮がちに戸を叩く音がしてきた。

「ごめんください」

「はーい」

若い男の声に、百代さんを制して僕が立ち上がった。玄関まで急ぎ、玄関の灯《あかり》のスイッチを捻《ひね》る。格子戸のガラスに影がある。

ゆっくりと開けると、そこに学帽を被《かぶ》った男性が立っていた。

「夜分に申し訳ありません」

明らかに書生だと判る若い男が一人。学帽を取って胸に掲《かか》げ一礼するので、こちらも頭を下げた。

「こちらは、和野和弥《かずのかずや》さんのお宅で間違いないでしょうか」

「そうです」

和野和弥は、僕の父だ。

「父は、居《お》りませんが、僕はその息子の和野正也です」

書生さんは、ほっとしたように大きく頷いた。

「これを預かってきました。和野家の方に渡してくれと」

胸の奥に手をやり取り出したのは、もうとうに暮れた中でもはっきりと判る和紙で綴《と》じた紙。

眼を疑った。

あの綴じ方は、おずおずと僕の眼を見て言う。

書生さんは、奉紙だ。

「ただ、渡せ、と言われて来ましたが、これでよろしいでしょうか」

「構いません。ありがとうございます」

それでは、と、安堵《あんど》したように笑みを浮かべて書生さんは一礼して去っていった。これは手紙だから何も言わずにただ渡せと命じられたんだろう。何か訊かれたらどうしよう、と普通は思う。

奉紙は、出した人間の名を告《つ》げてはいけない。

蘆野原の郷《さと》の者同士だけの、願い事の手紙だ。綴《つづり》が開けられたり出自がわかったりすると善きことは叶《かな》わない。

「そうか」

これが、〈醇蕾〉か。〈醇蕾〉を為したからこれが無事に届いた。気づかずに過ごしていたらきっとあの書生さんは道に迷ってこれは届かなかった。

「知水！　百代さん！」

奉紙を手に、急いで家の中に駆《か》け込んだ。

壱

Episode 1

美津鑑

——みずかがみ——

百代さんが知水に言われて、黒塗りの丸い盆を茶簞笥《ちゃだんす》の下の段から取り出して、テェブルの上に置いた。

「これでいいですか？」

「上等です」

徳利《とっくり》に汲《く》んできた井戸水を、知水がゆっくりとその黒盆に注《そそ》ぐ。零《こぼ》れないようにゆっくりと、ゆっくりと。まるで生き物のように水が黒盆に広がっていき、そうして縁《ふち》のぎりぎりまで水が湛《たた》えられる。

「いいよね」

「いいな」

印を結び、唱える。

「清なりの基よ涼《すず》めて埋めて透《とう》したまえ」

三度唱えて、印を切る。

「澄んだか？」

知水に訊くと、頷いた。

「大丈夫」

澄んだ水に、奉紙の中紙をそっと浮かばせる。ここで水を溢《あふ》れさせてしまうと元も子もなくなるので、奉紙が水を吸うのをゆっくりと待ちながら浮かばせなくてはならない。

百代さんが真剣な顔で、でも興味深そうに見ている。

蘆野原の郷の出ではない百代さんにとっては、〈事〉を為す式《しき》はほとんどが見たことも聞いたこともないものばかりだ。戦争前に、泉水おじさんと暮らしていた頃に何度か父さんと式を行うのに立ち会ったそうだけど。

奉紙が水を吸った。

そこに文字が浮かぶわけじゃない。

じわりじわりと、奉紙が動き出す。まるで方位磁石の針のように真ん中を中心にして回り出す。

「北西」

知水が、方角を読んで言う。

「それから、北。さらに、北東、さらに北」

そこまで読んだところで、奉紙の動きが止まる。もう既《すで》に端から崩れ始めている。

「溶《と》けていってますよ」

百代さんが小さく言う。

「良いんです。最後には全部溶けてなくなりますから、このまま放っておいてください」

奉紙が溶けた水は庭に撒《ま》くといいと聞く。

「良い肥料になるそうです」

壱

Episode 1

界鵠《かいこう》

名も無い作家だ。

変名を使いカストリ雑誌に猥雑《わいざつ》な記事でも書けばそれなりに稼《かせ》ぐことが出来るだろうけど、生憎《あいにく》と物語ならいくらでも嘘八百を仕立てられるのに、現実の出来事を面白《おもしろ》可《お》笑《か》しく茶化すことがどうしても出来ない。

結果として、父さんが勤めた大学の片隅に籍を置かせてもらい、研究助手という名の資料整理で手間賃を貰《もら》っている。だけど、忙しいわけじゃない。そんな仕事は誰にでも出来るのだ。

それ以外の時間はいつまでも芽《め》の出ない小説を書いている。

だから、時間だけは余る程《ほど》にある。

知水も、無職なのだから僕以上に時間はあるけど、生憎と体力がない。そもそもが身体《からだ》が弱い。そよ風に当たっただけで風邪《かぜ》を引いてしまうような軟弱な肉体なんだ。あの頑強《がんきょう》な身体と無尽蔵《むじんぞう》の体力を誇《ほこ》っていた泉水おじさんの息子とは思えない程に。

陽射《ひざ》しの強さに鍔広《つばひろ》の帽子を被せ、色付き眼鏡も掛けさせた。風の当たりを防ぐのに長手で薄手の木綿コォトも着せて、そしてリヤカーに乗せて家を出た。

「変人と思われるよ」

「心配するな。紛れもなく変人だから」

奇異な格好をした人など今はいくらでも町に溢れているし、そういうのを誰も変な眼で見たりはしない。それまでの暮らしぶりが少しずつ戻ってきたとはいっても、そこらにはまだ焼け跡だって残っている。バラックにひどい格好で寝泊まりしている人たちだって大勢居る。

「ゆっくり行く。具合が悪くなったら休むから。いいな？」

「判ってるよ」

力のない笑みを見せる。僕一人で探しに行ってもいいのだけど、やはり美津濃家の長である知水の見立て無しでは辿《たど》り着けるかどうかは怪《あや》しい。

知水は、生まれた時から身体が弱かったと聞いている。

実際、僕の記憶の中にある幼子の頃の知水はいつも布団で寝ていた。男の子だというのに女の子みたいな顔をして儚《はかな》げで、僕はいつもそっと触《さわ》るのにも躊躇していた。透けて居なくなってしまいそうだったからだ。

どこも身体が悪いわけではないのに体力がないのは、知水が美津濃家の血を色濃く受け継いでしまったからではないかと父さんが言っていた。

蘆野原が、閉じた郷が、さらに綴《と》じられてしまったのと同時に生まれたからではないかと。

〈事〉を見立てる業《ごう》を背負った美津濃家は、蘆野原からの道筋を失うと惑うと聞いている。今までそんなことは無かったのだけれど、郷の皆《みな》誰もが道筋を感じなくなったと言っていたそうだ。

そうして、この国は戦争へと突き進んでしまった。

郷を閉じて全国に散らばった蘆野原の人たちも、どこでどうしているのか誰も判らなくなってしまった。

繋ぐ役割をしていた某々爺《ぼうぼうじい》はあの世へ行き、上楽《かみらく》先生も空襲の後にどこへ行ったか、死んでしまったのかも生きているのかも判らない。

僕と知水は今、この世にたった二人残された蘆野原の人間のようだ。そんなはずはないのに、そうなってしまっている。

それが、終わるかもしれない。

誰か郷の者が、呼んでいるんだ。長筋である僕を。


「そこを右、だね」

知水が右手を上げ人差し指で示す。家を出て四時間は経っている。もちろんその間に一時間以上は休んでいる。途中の家々で何度も水筒に水を入れさせてもらった。さほど体力があるわけではない僕も、足や手がそろそろ悲鳴を上げ始めている。

それでも歩いていかないと、そこが判らない。車で移動していては何も感じなくなってしまう。

「そろそろだと思う」

「わかった」

この辺りは昔は狸《たぬき》が多かったという理由で、地名にもそこから由来した名前がついている。ここも何もかも焼けてしまったと聞いていたけれど、今は道路もきちんとされていてビルもいくつか建てられている。でも、その中にもまだバラックのような建物も多い。

「あそこじゃないかな」

また知水が指差す。そこには、白いペンキで塗られた二階建ての建物があり、〈土竜《もぐら》医院〉と茶色の字で書かれた看板があった。細長い窓やファサードもあり西洋館風の意匠《いしょう》ではあるけれども、慣れない人間が建てたようにどこかいびつな形だ。新しく建てたものではないから、運良く焼け残った建物なんだろう。

「病院か」

誰かがここで動けなくなっているのか。リヤカーを正面に止めると、知水が降りて立ち上がる。

白く塗られた両開きの磨《す》りガラスが嵌《は》められた扉の片側を開ける。土間があり、片側に正方形がいくつも並んだ年季の入った靴箱があり、革靴や下駄が入っている。その反対に、前に敷いている簀《す》の子は昨日作ったみたいに白木のままだ。

正面に〈受付〉と書かれた木札が下がった小窓があるけど、その向こうに人はいない。それどころか、病院だというのにまるで人の気配がない。

そして、音がしない。

扉を開けたのに、簀の子の上に乗ったのに、開閉する音も軋《きし》む音も何も耳に届いてこない。

無音の世界だ。

「正也さん」

「うん」

声は届く。

だから、〈事〉だ。

「〈界鵠〉だね」

「そうらしいな。場所は判るか？」

知水が、右手の階段を指差す。

「塩は持ってきているよね」

「大丈夫だ」

上着のポケットに仕舞っておいた紙包を取り出して開く。そのかさかさという音も届かない。手の平に乗せたまま階段を二人で昇って行くがやはり階段の軋む音も届かない。踊り場にある窓から差し込む陽射しが浮かび上がらせる埃《ほこり》だけが、動いている世界なのだと実感させる。

二階に上がると、右手に短い廊下があり、病室の扉が四つあった。その内のひとつが開いていて、廊下に窓からの陽射しを届けていた。

清めた塩を左手に乗せた。その上に右手の平を被せ、ゆっくりと擦《す》る。手の平の熱で塩がほんの僅《わず》かに湿り気を持つ。

拝《おが》むように手を前に出し、歩む。半歩ずつ、摺《す》り足で、決して床から離さずに円を描く様にして動き、同時に手の平から塩を落としていく。

「霞《かす》みに遠く神住《かみすみ》に近く天地《あめつち》の雨土の有からの無得からのなごりにきざしを歩ませ綾《あや》なせとくはなせ」

唱えながら、歩む。閉ざされた扉を囲むように半円を描く。最後に手を開き、印を結び印を閉じる。

ふいに、音が聞こえる。

どこかの開け放たれた窓から聞こえてくる雀の声だ。木々の葉擦《はず》れの音、床の軋む音、階下で何かが動く音。

〈事〉は為した。

「正也ちゃん」

扉の向こうから、か細い声がした。

あの声は。

知水と二人で扉から駆け込むようにして部屋に入った。小さな病室だ。広さは六畳もないだろう。黒い板張りの床の上に真っ白いパイプベッドがあって、そこに真っ白い髪の毛の老人が寝ていた。

「上楽先生！」

上楽野添《のぞえ》先生。

父さんの師であり、蘆野原の郷の者。二人でベッドの脇に駆け寄ると、こっちに顔を傾けた。以前に会ったのはもう十年も前だ。

「正也ちゃん、知水ちゃんも、生きていたのね」

「上楽先生こそ、よくご無事で」

戦争でお亡くなりになったと思っていた。そうでなくてももう八十を超えられたご高齢のはず。

「二度と会えないと思っていました」

そう言うと、にこりと笑った。

「私の〈果無偲《はかなし》〉は廻ってきたかしら？」

「いいえ。でも、廻す人たちももういないと」

眼《うる》が潤んでいるのが自分でも判った。知水はもう泣いている。隣でぐすぐすという声が聞こえてくる。

「あなた方二人が来たということは、和弥ちゃんは？　泉水くんは？」

僕と知水の父。

「戦地で死んだと、手紙が届きました」

でも、骨は、届いていない。

「だから、まだ信じてはいません」

「そう」

上楽先生が、ゆっくりと顎《あご》を動かした。

「優美子《ゆみこ》さんは」

「母は」

病《やまい》に倒れ、そのまま。

「骨は、蘆野原に持っていきたくて、そのまま家に置いてあります」

「そうね」

溜息《ためいき》が、上楽先生の口から漏《も》れる。

「先生」

知水が、口を開いた。手を伸ばして、上楽先生の痩《や》せ細った皺《しわ》だらけの手をそっと取った。

「蘆野原が、見えません。でも、〈事〉は起こりました」

先生の瞳に、光が戻ったような気がした。

「そうね。私にも見えないの」

僕を見た。

「多美ちゃんは？」

「姉さんは」

　姿を消した。

「母が亡くなったその日に、いつの間にかいなくなっていました」

　先生が一度眼を閉じた。すぐに開けて、僕と知水を順番に見る。

「多美ちゃんは、居るわ」

「そう信じています」

　知水の手を握り、少し持ち上げ、僕の手の上に重ねた。

「二人で、捜すの。多美ちゃんを。そうして、消えてしまった蘆野原への道筋を、そこへの端境《はざかい》を」

「はい」

　蘆野原を。

　そして、姉さんを。

　猫を。

弐
Episode 2

弐
Episode 2

悶呶
——もんどう——


大学での資料整理が昼過ぎには終わってしまった。

次に何を整理したらよいかは君崎《きみさき》教授の指示を仰《あお》がなければならないのだけれども、教授は今日はもう帰ってこない。

「つまり」

ここにいても何もすることがない、ということだ。

「僕も帰りましょうかね」

緑色の煤《すす》けた天鵞絨《ビロード》の椅子に丸くなっているムサシに言ってみると、耳が、ひゅるん、と動いて眼を開《あ》けた。思慮《しりょ》深そうなその瞳が僕を見て、ゆっくりと瞬《まばた》きをして、そして「うむ」とばかりに頭を動かしてまた眼を閉じた。

ムサシはいつの間にか君崎教授の研究室に住み着いた猫だ。まるでビア樽《だる》のような身体《からだ》は焦茶色《こげちゃいろ》の縞々《しましま》模様に彩《いろど》られている。一体このご時世《じせい》に何を食べてそんなに太っているのかと思うのだが、初めて姿を現した二年前からずっとこの体形だ。君崎教授も餌などそんなに与えていないのに。

ムサシは僕以外の人間に摑《つか》まれたり抱かれたりすると怒る。だから、飼っているつもりはまったくないのだが追い出しようもない、と、君崎教授もいつも不平を言っている。椅子からどかそうとすると引っ掻《か》かれるのだ。

僕は、不思議と猫に懐《なつ》かれる。野良猫、飼猫、の区別なしに。そこらを歩いて猫に遭遇するとほとんどがこっちに向かって寄ってくる。中には、ごろん、と足元で横になりお腹を見せてさぁ撫《な》でろ、と要求してくる猫もいる。

それは生まれたときからずっとだ。ただ、猫は家で飼ったことはない。いつでも家の周《まわ》りに少なくとも四、五匹の野良猫がうろついていて、時々ご飯をあげていたのだけど、家の中で飼ったことはない。

それは、母さんと姉さんが猫になってしまうからだ。

僕が猫に好かれるのは、猫になってしまう母さん、和野優美子《かずのゆみこ》から生まれたからだろうかと思っている。それ以外に理由は思い当たらないからだ。

母さんや姉さんが猫になってしまう理由も〈祇体《ぎたい》〉だろうと、父さんは話していたけれども、本当のところはわからない。そもそも母さんも姉さんも自分が猫になっている時のことを覚えていないから理《ことわり》を解きようもなかったんだ。理は言葉の内側にある。言葉が通じなければ理を辿《たど》りようもない。

母さんから生まれた僕も猫になるものか、と、父さんは観察していたそうだけど、なったことはなかった。少なくとも今までは。

知水《ともみ》がずっと僕の傍《そば》にいるのも、ひょっとして猫になってしまうかもしれない、というのもある。

「じゃあまた明日な」

ムサシに向かって言うと、またムサシは眼を開け、身体を動かさずにただ、にゃあん、と鳴いた。またな、とでも言うように。

真《ま》っ直《す》ぐに家に帰っても昼飯の用意はないだろうから、街で済まそうと思って歩いて出てきた。ついでに〈崎《みさき》出版社〉に寄って西岡《にしおか》編集長にご機嫌伺《うかが》いをしてこよう。売れない作家でも何とか筆を折らずにいられるのは西岡さんのお蔭《かげ》だ。

西岡さんは、泉水《いずみ》おじさんの同僚だった。

戦争が終わり、散り散りになった社員を集めて出版社を再興させた。父さんは作家ではなかったけれども、研究書を一冊そこから出したこともある。よく家に来て、父さんと泉水おじさんと酒を酌《く》み交《か》わしていた。母さんや百代《ももよ》さんも座を一緒にして会話に花を咲かせていた。西岡さんは郷《さと》の、蘆野原《あしのはら》の人間ではないけれども、父さんと泉水おじさんを通して良く知っている。

思えば、その影が忍び寄っていたとはいえ、戦争が始まる前の幼い時分の暮らしにはいつも明るい笑い声が絶えなかった。

父さんと母さんと、姉さんと僕。泉水おじさんに百代さんに知水。それに上楽《かみらく》先生や西岡さん。

あの様な時代はもう二度と戻ってこないのだろうなと思う。

戦争を始めて、そして負けたこの国には。

そして、故郷である蘆野原はどうなのだろうと考える。二度と戻れないのか、それとも再び足を踏み入れることが出来るのか。それが出来たのなら、この国に何かを与えることはあるのだろうかと。

腹が鳴った。

何を悩んでも腹は減る。飯を食べることを考えられる内は大丈夫だと、泉水おじさんもいつも言っていたっけ。

「〈お芳《よし》食堂〉かな」

蕎麦《そば》でも食べようと思った。いくら生活に窮しているとはいえ、ざる蕎麦をたぐる程度のお金はある。

輪《りん》タクの間を擦《す》り抜け道を渡ったところで笠置シヅ子の『東京ブギウギ』を歌っている男の子たちの声が聞こえてきて、仲通りに回って見ると四人の男の子だった。

四人が並んで手を打ちながら、路上で声を揃《そろ》えて笑顔で歌っている。その脇には鍋、釜の類《たぐ》いが板を張った台の上に置かれている。金物屋の店開きか。まだ十二かそこらに見える男の子たちだ。いや、これからは満年齢できちんと数えろと政府から発表があったばかりだった。

するとと十歳かそこら、という感覚か。大した違いはないのだが、きっちり頭の中を切り替えていかないと世の動きについていけなくなってしまう。

「お兄さーん、鍋釜足りてるかーい」

坊主頭に雪駄《せった》に白シャツ姿の賢そうな男の子が声を掛けてくる。白シャツは明らかに父親のものだろう。草臥《くたび》れて黄ばんでいる。そのシャツを着ていた父親がどうなったのか想像するに難《かた》くない。

新聞に、新制高校では女の子が男の子の五倍もいるという記事があった。街に人々は溢《あふ》れているが、男が少なく元気がないというのは本当だと思う。女性は強いのだ。元始女性は太陽であったというのは真実だと僕も思う。そんな中で、少年たちが笑顔でこうやって元気にしていると応援したくもなるが、生憎《あいにく》と鍋釜は間に合っている。

買う気もないのに冷やかすのは申し訳ないので通り過ぎようとしたのだが、すぐ脇をトラックが通り過ぎたときに、積み重ねたアルマイトの鍋が揺れて音を立てた。

その音に、違和感があった。

がずり

がずり

そういうような音。

明らかにアルマイト同士が擦《こす》れて立てる音ではない。その音に、賢そうな顔をした男の子も反応してそっちを見た。トラックが小石でも撥《は》ねて当たったか何かと思ったのだろう。小首を傾《かし》げている。違和感を覚えている。

あれは、きっと〈悶呶〉だ。

〈事〉だ。

しかし、隣に知水がいない。

〈事〉の見立ては美津濃《みずの》家のものだし、生憎と僕は長筋《おさすじ》で〈事〉を感じることが出来ない。出来ないけど〈悶呶〉は知っている。以前に為《な》したことがある。放っておけばそれはやたらと物を腐らせる。食べ物だけではなくこの世にある物なら何でもだ。腐った食べ物はもちろん腹を下すし、病気になってしまうことだってあるだろう。

どの鍋だ。

どの鍋が〈悶呶〉になっているのか見当《けんとう》が付けられない。

ええい、ままよ。

「あのさ」

賢そうな男の子に声を掛けた。

「はいよっ！　何欲しい？」

「いや、ちょっとだけ拝《おが》ませてもらえるかな？」

「拝む？」

きょとんとした顔をして僕を見る。

「残念ながら買う事が出来ないんだけど、せめて君たちの商売繁盛《はんじょう》を願いたいんだ」

四人が四人とも揃って顔を見合わせ小首を傾げた。

「お兄さん、背広なんか着てるけど神主《かんぬし》さんかい？」

「まぁそんな様なものなんだ」

有無《うむ》を言わせずに、積み上げられた鍋の前に立ち、大きく息を吸い込んで吐《は》く。

式に使う線香はないので紙巻き煙草《たばこ》で代用する。要は煙が立てばいいんだ。

火を点《つ》け、一口吸って煙をそっと吐く。もう一口吸って、またそっと吐く。煙草をゆっくりと地面に立てた。

煙は真っ直ぐに昇って行く。

印を結ぶ。ひとつの形、ふたつの形、みっつの形へと流れるように印を結んで、煙を切る。

「座なるもの俚《り》なるもの根なるものの御点《みた》て奉《たてまつ》りそうらえみらえ由《よし》なる故《ゆえ》にゆかせよ」

三度唱《とな》え、三度同じ印を流して、煙を切る。

「よし」

為した感じはある。大丈夫だろう。煙草を足で揉《も》み消して男の子たちを見ると、何か感心したような顔をして僕を見ていた。

「兄ちゃん、何か凄《すご》いね」

「そうかい？」

子供は、大人より気配《けはい》に敏感だ。僕の為している様子に何かを感じたのかもしれない。

「何か、すっげぇいい感じで良かったからこれやるよ。持ってってよ」

隅《すみ》に置いてあった古びたアルマイトの大鍋を渡された。これでおでんを作れば八人前は作れるんじゃないか。

〈事〉を為した後に貰《もら》い物をするのは、父さんの小さい頃にはよくあったと聞いている。まだ蘆野原の郷のことが人口《じんこう》に膾炙《かいしゃ》していた時の名残《なごり》があった時代。

「じゃあ、有り難く頂くよ」

鍋の底を叩くと、ポン、と良い音がした。

今晩は百代さんにこれでおでんでも作ってもらおうか。

それにしてもあの日の〈醇蓄〉以来、〈事〉は周囲で起こるようになってきた。喜ぶべきことではないが、それは〈あまつちのち〉が再び蘆野原と繋《つな》がったことを意味しているはず。

探しに行かなきゃならない。

端境《はざかい》を。

そしてそこを歩ける猫を。

弐

Episode 2

儚弄

——もうろう——

上楽先生が我が家で静養することになったのは、病院で再会してから一ヶ月も経《た》たない内だ。

上楽先生が入院していたのは〈土竜《もぐら》医院〉という冗談にしか思えない名前だったのだけど、本当に〈土竜義和《よしかず》〉という名前の医者が経営する病院だった。何でも先祖は鳥取《とっとり》の方だけど、この名字は一族しかいないらしく先祖は忍《しのび》だったと言う。

「忍というのは何も諜報《ちょうほう》活動というスパイの様なものばかりではないですからね。数々の薬草や医術にも通じている忍もいたのですよ。そこから我が土竜家は医者になったというわけです」

丸眼鏡の奥の眼がいつも笑っているように見える土竜先生は、大真面目《おおまじめ》な口調でそう言い、代々続く家系のその証拠にと蘆野原のことも口にした。

「もう多くの人は忘れてしまっているでしょうけど、我が家には伝えられていますよ。〈蘆野原の郷〉に住まう人たちを敬いなさいと。もし出会えたら出来るだけのことはしてあげなさいと」

別に敬ってもらう必要はまったくないのだけど、知っていてもらえるのは少し嬉しい。もしやそれで上楽先生を、と、思ったのだがそれは全くの偶然だったらしい。そもそも上楽先生は病院の玄関先で倒れていて、そして半年もの長い間意識不明で、生ける屍《しかばね》の様だったと。

それが突然に目覚めたと思ったら僕たちがやってきて、そしてあっという間に起き上がれる程に快復し、我が家で静養出来るまでになったことが信じられないと眼を丸くしていたけど、先生を良く知る僕たちにとっては何でもないことだった。むしろ行き倒れていたことに驚いた。

上楽先生の正確な年齢は判《わか》らないし教えてくれない。八十は超えているはずなのにその容貌はまだ六十代でも、薄暗がりなら五十代でも通用する。そしてその体力も無尽蔵《むじんぞう》かと思える程だった。

日本全国に散らばった蘆野原の郷の皆を繋ぐ役割を先生は、野を越え山を越え一人でされていたんだ。戦争が始まってからもずっと。

「それでも、さすがに当分は無理だろうね」

知水が言うので、頷《うなず》いた。

「そうだな」

我が家の奥の間に先生の寝床を敷き、しばらくはそこで静養してもらうことにした。百代さんは先生に再会出来てぼろぼろ泣いていた。これからはもうずっとここに居てくださいと。

「母さんは嬉しいよね」

「そうだろうね」

母さんも姉さんもいないこの家に、ずっと女手は一人だった。愛息子《まな》の知水が一緒に住んでいるとはいっても、いろいろと気遣《きづか》うことは多かったろうと思う。

奥の間は六畳間だ。床の間もあるので、そこには新しい軸を掛けた。花道《かどう》の心得《こころえ》もある百代さんが小判の形をした深緑の花器に花を生けた。縁側からは庭も見えるし、すぐ隣は書斎に使っている僕の部屋だ。

まだ皆が居た頃には客間としても使っていたから、先生も馴染《なじ》みのある部屋だろうから、気を遣うこともないと思う。

「良い軸ね」

淡い水色の寝巻に紺色の絣《かすり》の袢纏《はんてん》を着た先生が、寝床で起き上がって言った。

「良いでしょう？　蔵の中にあったんです」

誰の作かは判《わか》らないけれど、四季の花鳥《かちょう》を揃えたものがあった。その中の夏の軸だ。朝顔に鶺鴒《せきれい》が二羽。

上楽先生は少し微笑《ほほえ》みながら頷き、でもすぐに笑みを消してほつれ毛を直しながら僕に言った。

「明らかに四季花鳥よね。軸は、四軸あったの？」

「それが」

三軸しかなかった。

「なかったのは、いつの？」

「冬がなかったですね」

まぁ、という風に先生の口が開いた。

「誰が揃えた軸か判らないのね？」

「少なくとも僕は聞いていませんでした」

「私も初めて見る物だわ。知水ちゃん」

「はい」

ずっと黙って僕と先生が話すのを聞いていた知水が、ゆっくり頷いた。

「これは、〈僂弄〉だと思うの」

「やっぱりですか」

「やっぱりって」

〈僂弄〉なのか。

「何で軸を飾った時に言わなかった」

「いや、〈僂弄〉は全部が揃わないと〈事〉にはならないからさ。ここに三軸あるんだから、冬の軸がなくてもまぁ害はないかなって」

「そうね」

先生も頷いた。

「でも、春夏秋冬と揃えられた軸なら別だわ知水ちゃん」

「そうなんですか?」

こくり、と、ゆっくり頷いた。

「滅多に起こらない〈事〉ね。私も今までに一度しか聞いたことがないの」

「春夏秋冬と揃えられたら何が起こるんですか」

「おそらくは、屋台骨が崩れる」

「屋台骨」

それが何を意味するかは、起こってみないと判らないんだ。文字通りの屋台の骨組みが崩れるのか、家長が病に倒れるとか、あるいは何かの組織がバラバラになるとか。

「じゃあ、ひょっとしたら僕の家に〈冬〉の軸があったとか」

知水が言う。そうか。

「美津濃家に一軸、ここに三軸。それで〈僂弄〉は起こらない」

言うと、先生も小さく頷いた。

「考えられるわね。むしろ、一軸だけないというのはそうでしょうね。泥棒なら全部盗んでいくだろうから」

それが正解かもしれない。

「そして、僕の家は焼け落ちて何もかもきれいさっぱりなくなっているから、〈冬〉の軸も失われているってことだぁね」

「そうだな」

だから、百代さんと知水はここにいるんだ。

「じゃあ、念のために唱えるだけ唱えておいてちょうだい。その〈夏〉の軸にだけでいいから」

「わかりました」

台所に行って塩を小皿に盛って持ってきた。床の間の前に立って、小皿から塩をひとつかみする。人差し指と親指の間で塩を練るようにする。

「ひともうす、ふたもうし、さんのまわりにしにもうしもうされいきさらえ」

唱えながら塩のついた人差し指で軸に向かって印を空に描く。ひとまわり、ふたまわり、さんまわり。

最後に軸の真ん中を人差し指で突く。軸にぶつかっていないのに、何かを通したような感触が指に残る。

「為しましたよね？」

振り返って上楽先生と知水に訊くと、二人揃って頷いた。

先生が可笑《おか》しそうに笑う。

「やっぱり、和弥《かずや》ちゃんとそっくりなのね。清めの塩なんか使わない」

「そうなんだよね。本当に適当にやって為しちゃうんだから敵《かな》わない」

「適当などと言うな」

長筋なんだから仕方ない。長になる前に蘆野原は閉じてしまった。僕が長になる機会は蘆野原に辿り着かない限り訪れない。

「大丈夫よ」

先生が微笑んで言った。

「感じずに為すのは、和弥ちゃんと同じ古祖にも通じる力。そのままでいいのよ正也ちゃんは」

以前にもそう言われた。そのままで良いと言われるとどことなくむずがゆいものが残ってしまうけれど、まぁしょうがない。

弐

Episode 2

仮初

かりそめ

大学に行かない日は、一日中家にいる。もちろん、知水も一緒に。

朝起きて顔を洗い、朝ご飯を食べた後にはそのまま書斎に籠《こも》る。父の使っていた文机《ふづくえ》に向かい、原稿用紙を広げ、依頼されている小説を書こうと頭を捻《ひね》る。

当たり前の話だけど、捻れば出るというものではない。書けるときには万年筆のペン先が原稿用紙の上を滑《すべ》る音が天井に響《ひび》くほどに進んでいくが、書けないときにはまったく書けない。

つまり、ただ文机の前に座ってぼんやりしたり、屁をこいたり、ごろんと横になったりしているだけだ。

今もそうだ。

「街には復興の槌音《つちおと》が今も響いているっていうのにね」

「うん？」

部屋の真ん中に敷かれた布団の上で寝そべり、本を読んでいる知水が言う。

「若い男が二人、何も世に貢献することもなく稼ぐこともなくただ寝そべっているだけの毎日」

「知的活動はしているだろう」

「それは、何の役にも立たないと宣伝しているようなものだよね」

「言うな」

僕はともかく、知水は本当に何も出来ない。庭いじりをするために外に出れば、三分で陽当たりで倒れる。では玄関の掃《は》き掃除でもさせようかとなれば、二分で箒《ほうき》を持つ腕がだるくなったと訴える。

それは何かをするのが嫌なわけではなく、本当にそうなってしまうんだ。

「端境を探しに行ければいいんだけどなぁ」

溜息交じりに知水は言う。言葉も態度も飄々《ひょうひょう》としていて、容貌だけなら銀幕のスタァと詐称《さしょう》しても通用する優男《やさおとこ》だが、決して表六玉《ひょうろくだま》でもなければろくでなしでもない。

心根は正しく熱い男だ。その辺は父親の泉水おじさんに似たんだと思う。

自分が、今は何の役にも立たない男だと重々承知している。だからせめて誰の迷惑にもならないように家に閉じこもっている。

弱い身体を何とか出来るのは医者や薬の類いではなく、蘆野原に行くことだけだと判っている。

たぶん、蘆野原の郷で僕が長になれば、あるいは知水が美津濃家の長としての唱えが出来れば、何とかなるはずなんだ。

「いっそのこと京都《きょうと》に住むっていうのはどうなんだろうね」

知水が言う。

「京都か」

古《いにし》えの都、京都。そこに程近い梶邑久町《かじむくまち》。さらにそこからしばらく行ったところにある蘆之里《あしのさと》。米どころとしても有名なそこが蘆野原からいちばん近い人里だ。

蘆之里からさらに山道を一時間歩いたところに蘆野原がある、と、言われている。けれども、端境が開かれなければ決して蘆野原には辿り着けない。

そもそも蘆野原はそこにあってそこにない、という話もある。

端境を過ぎれば、そこは異界だ。

異界はどこにでもあり、どこにもない。

書物の中にだけ存在する〈よみのくに〉への門。蘆野原は、あの世とこの世を繋ぐ境目にある土地。そこに住む蘆野原の郷の者は、神様と会話をする。

「でも京都には式造りの家がないからな」

「そうらしいね」

新しく家を建てるような余裕はどこにもないし、式造りの家に住んでいなければ長筋としての役割は果たせない。

「そもそも式造りの絵図面など僕には描けない」

「そうなんだよねぇ」

知水が溜息をつく。家の絵図面を引くのは、そもそもが柄《つか》家の仕事だ。柄家の人がいなければ正確な式造りの家は建てられない。この家だって柄家の人間が祖父様が描いたものを絵図面に落として建てられたものだ。

そして、柄さんの一家がどこにいるのか、生きているのかどうかすら今は判らない。上楽先生の話では戦前は大阪にいたという話なんだけど、普通の郵便を出しても今は戻ってきてしまう。

「こうなるとさ、蘆野原の分業制っていうの？　それも考えものだよね」

「職業みたいに言うな」

まぁ言いたいことは判る。蘆野原では全ての家にそれぞれの役割がある。務めがある。〈事〉を為すのは誰でも出来るが、全ての〈事〉を為すのは長か長筋でないとならない。

そのときだ。

庭で、猫が鳴いた。

猫の声が聞こえることは珍しいことじゃない。毎日毎日どこかで猫の声がする。季節になると盛りのついた猫たちが煩過《うるさ》ぎて閉口することもある。しゃあああ、と、喧嘩《けんか》を始めた猫に水を掛けたことだってある。

でも、違う声だった。

にゃん、にゃん、にゃん。

複数の猫の声がまるでハァモニィを奏でるように響いた。

「うん?」

二人で顔を庭に向けた。

猫がいた。

三匹も。

子猫ではないが、まだ若い猫だ。顔や体つきには幼さも残っている。色は、真っ黒だ。三匹とも黒猫だ。

一匹は庭の板塀の上に立ってこちらを見ている。

一匹は庭の一番大きな庭石の上に座っている。

一匹は庭の真ん中にちょこんと座ってこちらを見ている。

その配置は、まるで正三角形を象《かたど》っているみたいだ。

「へぇ」

知水が、感嘆するような声を上げた。

「これは、〈仮初〉だよ正也さん」

「〈仮初〉?」

それは。

「〈仮初〉は猫だったか？」

「人間以外の動物なら何でもいいんだよ。鳥でも犬でも狸でも。何だったら蚯蚓《みみず》でもいいんだけど」

「蚯蚓はさすがに気づかないだろう」

あら、まぁ、という声が縁側の向こうからした。上楽先生だ。見えないが向こうで空気が動いた気がして、二人で立ち上がって縁側に出た。

上楽先生が絣の袢纏《はんてん》を着込んで、笑みを浮かべながらそっと縁側に腰掛けた。

「先生、座布団をお持ちしますか」

「大丈夫よ。それより正也ちゃん、見て。可愛い猫ね」

「ええ」

確かに美形の猫だ。猫の世界では美醜《びしゅう》などはきっと関係ないのだろうが、少なくとも人間はそう見る。

「〈仮初〉と知水が見立てましたけど」

そうね、と、先生が頷いた。

「間違いないわね。嬉しいわね。こんな時代になっても蘆野原の郷の人間を必要としてくれる人がいるなんて」

見つめながらこれだけ会話をしているのに、三匹の猫は逃げていかない。ほとんど動かずに顔だけ動かして、僕や知水や先生を見つめている。

「正也ちゃん、為してあげて頂戴。そうすれば、それぞれに散っていくから」

「はい」

知水が天袋から釣り竿を出して手渡した。

「わざわざ柳流を作らなくても、長い棒のようなものなら何でもいいんでしょう?」

「その通りだ」

本当なら出来るだけ綺麗《きれい》な水が流れる川岸にある柳の木から、理想的な弧を描《えが》く枝を一本取らせてもらって柳流を作るのだが。

「これでいい」

縁側から沓脱石《くつぬぎいし》に降りて下駄を履く。一歩前に出ると、猫たちが妙に期待の籠った様な瞳を輝かせる。

糸が付いていない竹竿を一振り、二振り、三振りして振音を立てる。

ひゅうん。

ひゅうん。

ひゅうん。

その度に、三匹の猫が竿の先端の行方《ゆくえ》を追う。為している最中でなければ猫を遊ばせているのと同じだ。

「帰せませ、期せませ、祈せませ。いやさ来たるその時に新たなる行方の教えに振らせよ」

竿を印の形に振る。もはや猫の眼でも追えない形になる。

最後に、土を打つ。

ぴしゃり。

その音に驚いたように猫たちは動き、それぞれ三方に散っていった。南と西と東に。

「これでいいですね？」

振り返って上楽先生に訊くと、こっくりと頷いた。

「いずれ近い内に〈事〉に悩んでこの家を訪ねてくる人がいるでしょう。出来るだけ皆が幸せになれるような形で為してあげてね」

「わかりました」

それが、僕たち蘆野原の人間の宿業だ。

為すことを為し、人々の間の災いを消す。

「知水ちゃんも、出来るだけ正也ちゃんと一緒に出掛けた方がいいわね。これからは大学にも一緒に行った方がいいかもしれないわ」

「どうしてですか？」

知水が訊いた。

「大学からの帰り道でも〈事〉が起こったのでしょう？　知水ちゃんは〈事〉を為す正也ちゃんの傍でその息吹《いぶき》を受けた方が、身の内に潜《ひそ》む熱が消えていくかもしれないから」

「そうなんですか!?」

たぶんね、と、先生が言う。

「出来るだけたくさんの〈事〉を為す。それは厄災が多く起こってしまうのだから不幸なことだけど、少なくとも知水ちゃんの身体を丈夫にさせるひとつの手段になると、私は思うわ」

それなら、話は別だ。今までは外出させないようにしていたのだけど。

「さっそく明日から街に出るぞ」

参
Episode 3

参
Episode 3

燈土象

——ひとかた——


　褒《ほ》められる、もしくは惚《ほ》れられる、というのは悪い気がするものじゃあない。むしろ、何か特別な事情でもなければ普通は嬉しくなるものだろう。それが仮令《たとえ》年配の男性からであったとしても、まぁ異常な様子でもなければありがたいと喜ぶところだ。

　だけど、余りにも異様に気色《けしき》ばんで素敵だと迫《せま》られるとさすがに腰が引けてしまう。風狂《ふうきょう》の類《たぐ》いなのではないかと訝《いぶか》しんでしまう。それが、自分に向けられたものではなくとも。

「栗色の長く柔《やわ》らかく波打った髪の毛、大理石の様な乳白色の肌、灰色掛かった瞳の色、大きな瞳に筋高く整った鼻！　そして何よりも完璧です。完璧に左右対称なのです！　あなたの顔は、いや」

佐々木《ささき》教授はまるで蝗《いなご》の様に跳《と》んで後ずさりその勢いでずれた眼鏡を直して、少し離れた所から知水《ともみ》の姿を嘗《な》めるように眺《なが》めた。

「その姿形《すがたかたち》までもが！」

興奮した様子に、僕も知水もただ顔を見合わせて困惑の笑みを浮かべるしかなかった。そして、これ程《ほど》の様にはどう対処したらいいものかと、机の向こうの椅子に座り腕組みをしている君崎《きみさき》教授に顔を向けた。

君崎教授は、唇をひん曲げて僕ら二人を見た。そして、確かにこれは助け船を出すしかない、と思ってくれたようだ。

「あー、佐々木君」

「はい！」

「つまり、君はこの美津濃《みずの》知水君に、絵のモデルになってほしい、と言いたいわけですよね？　そういう話なんですよね？」

「そうですそうです！」

大学の君崎教授の部屋だ。

僕と一緒に〈事〉を為《な》すことによって知水の身の内に籠《こも》った熱も引いていく。そして身体《からだ》も丈夫になっていくかもしれないと上楽《かみらく》先生に言われ、早速《さっそく》一緒に大学までやってきた。そして資料整理を手伝わせていたところに、佐々木教授が何かの用事で君崎教授の部屋にやってきた。

それで、知水を一目見るなりこの騒ぎになったのだ。

佐々木教授は、文化学の中でも芸術美術を専門とする教授で変わり者なのだと紹介された。そして美術の中でも本人は絵画を専門とする、つまり、画家なのだと。

そういえばこの大学には専門の芸術学部こそないが、確かに文化芸術科というものがあったな、と思い出した。

「僕を絵に描くのですか？」

知水が訊《き》くと、佐々木教授は大きく何度も首を縦に振った。振る度に真っ白でまるでキノコの笠のような形をした髪の毛が揺れる。

「今までそんな様に頼まれたことはありませんか？」

「いや、まったくないです」

「信じられない！　長い間座敷牢にでも閉じこめられ世間と隔絶《かくぜつ》されていたとでも言うのですか！　こんな奇跡の様な造形美が今まで放っておかれたなどと！　いやそれならそれで納得できるのですが！」

拳《こぶし》に力が入っている。それをぶんぶんと振り回す。いや、ここまで大袈裟《おおげさ》に賞賛されると聞くのも気恥ずかしいを通り越して爽快《そうかい》な気分にさえなってくるというものだ。僕のことではないにしろ。

知水は子供の頃から美しい子供と皆に言われてきた。父親はあの下駄《げた》の様な顔をした泉水《いずみ》おじさんなのにどうしてこんな、と、よく皆がからかっていた。男の子なのに必ず女の子に間違えられ、二十歳《はたち》を過ぎた今もそれは変わらない。

「不躾《ぶしつけ》ですが、美津濃知水君にはヨーロッパの血が混じっているのですか？」

佐々木教授が訊くので、知水が首を軽く横に振った。

「いえ、そんなことはまったくないはずです。だよね？」

僕に顔を向けて訊くので、一応頷《うなず》いておいた。

「ないはずですよ」

美津濃家にそんな系統はない。蘆野原《あしのはら》の郷の人はどこまで辿《たど》ってもこの日本という地で生まれた人たちだ。

ただ、母方の百代《ももよ》さんの方はわからない。

あり得る話ではあるんだ。百代さんの故郷である上郷村《かみさと》には、飛鳥《あすか》とか奈良というとんでもない昔から、色んな理由で日本に流れてきた西洋の人たちが住み着いたという記録がある。

隠れ里、という言葉があるが、上郷村は蘆野原と縁深いが故《ゆえ》に、遙《はる》か昔からそういう場所ではあったのだ。

なので、百代さんの知らぬご先祖様に西洋人が居ても不思議ではなく、その血が、血統が知水に色濃く出てきたとしても頷ける話なのだ。実際のところ、百代さんもそれなりに美しい女性であることには違いない。西洋人の美しさを持つとまでは言い切れないけれど、大きな瞳は確かに日本人離れはしているかもしれない。

「ちょっと待ってください」

佐々木教授が突然椅子から立ち上がって、腰を折り僕に向かって顔を近づけた。

ふむふむ、等と頷きながら今度は後ずさりして僕と知水を見つめる。

「和野《かずの》君」

「はい」

「済まないけどね、ちょっと立ち上がって美津濃君と並んでくれたまえ。あ、いやもそっと近づいて、そうそう肩が触《ふ》れるか触れないかぐらいの距離で」

訳《わけ》が判らないが、二人でとりあえずそうすると、佐々木教授は右手の拳で左手の平を打った。

「和野君」

「何でしょう」

佐々木教授が、うむうむ、と何か感じ入った風に頷きながら言う。

「以前から大学で見かけていた君の佇《たたず》まいには興味を持っていたのですよ」

「佇まいですか」

僕の佇まいに興味が持てる程の何があると言うのか。

何処《どこ》にでもいるような平凡な男だと認識している。身長こそ少しばかり高めではあるが、身体《からだ》は希臘《ギリシャ》の彫刻の様な美しさはなく、中華の武将の様な偉丈夫《いじょうふ》でもない。

「君は、頭身というものが他の人とは違う。頭が小さく足が長い、いや腰高なのですな。そしてその身のこなしに人ならざる様な柔らかさがある。何か特別な運動あるいは日本古来の武道をしていたという様なことは？」

「ないですよ」

まったくない。ただ、身の軽さには自信がある。それは別に鍛練《たんれん》したものではなく、生まれつきのものだ。

「しかし、こうして鋭ささえ感じさせる完璧な美しさを持つ美津濃君と並ぶと、君のその、何と言えばいいのか、あぁ自分のボキャブラリィのなさに腹が立つよ」

「柔靭《じゅうじん》、とでも言えばいいかね」

助け船を出すように、君崎教授が口を開いた。

「あぁ！　そうです！　しなやかさと柔らかさに加えてその芯に野の獣の様な力強さも感じる。そしてその綺麗なアァモンドの様な紡錘形《ぼうすいけい》の瞳。いや、引き立つ！　二人で並ぶとそれだけでまるで一幅の絵画の様だ！」

また知水と顔を見合わせてしまった。どういう顔をすればいいのかまるで判らない。

「つまり、佐々木君。君はこの二人の絵を描きたいと」

「許していただけますか？」

君崎教授はふぅ、と息を吐《は》き、頷いた。

「許すも何も、私が頼んだ資料整理の仕事をしていない時に和野君が何をしようが自由だ。そして美津濃君は和野君が連れてきた友人だ。二人に異存がないなら儂《わし》は構わんよ。和野君」

「はい」

君崎教授がひょいという風に右眉《みぎまゆ》を上げて言う。

「佐々木教授の研究の一環とするならば、絵画のモデルにも報酬《ほうしゅう》は大学側から当然支払われるが」

「やらせていただきます」

それならば、話は別だ。売れない作家にただ黙って立っているだけで報酬が支払われるなんて夢の様な申し出だ。

渡り廊下を歩き別棟にある佐々木教授の研究室に入った途端《とたん》に、知水の身体がまるで水を被《かぶ》った犬の様に震《ふる》えた。

その瞳が、部屋の一番奥に向かっている。

研究室と言うよりはアトリエと呼んだ方が相応《ふさわ》しい場所だ。広さも君崎教授の部屋の二倍はある。そして絵を描くための道具、イーゼル等そういうものが複数無造作《むぞうさ》に置いてあるし、おそらくはデッサンに使うのであろう白い胸像や立像もある。

そのひとつを、知水は見つめている。

「どうした」

「あの奥の立像だけどさ。あれ〈燈土象〉だね」

「〈燈土象〉か」

立像故にそうではないかと推測《すいそく》していたが、厄介《やっかい》なものを佐々木教授は抱《かか》えていたものだ。

「もう動いているのか」

「動いているね。結構古いものじゃないのかなぁ」

〈燈土象〉は、動く。

普通の人はまったく気づかない形で。喩《たと》えるなら一年間に一センチの様な速度で。そして、充分《じゅうぶん》に動いた後に、崩《くず》れる。聞いた話ではまるで爆《は》ぜる様に崩れる場合もあるということだ。

だから、誰も居ないところで崩れる分にはただの風化と変わらないかもしれないが、状況によっては非常に危険なものだ。

「佐々木教授」

「なんだい」

「あの奥の立像は、何か高価な美術品の類いですか」

佐々木教授はくるりと頭を動かして見る。

「いいや？　そりゃあ格別に安いものではないけれども、ただの石膏《せっこう》の像だよ。もう随分《ずいぶん》以前からここにある」

「壊れてしまっても、何か支障があるとかは」

きょとん、とした顔を見せる。

「デッサンに使う像がひとつ減ってしまうという支障はあるね」

「それだけですか？」

「それだけだけど、どうして？」

君崎教授なら僕たち蘆野原の人間のことをよく知っているのだけど、佐々木教授はどうなのだろう。

「実は、僕とこの知水は蘆野原の出身なんですが、蘆野原のことをご存知ですか」

蘆野原、と、佐々木教授は繰り返した。そして、一拍置いてその眼を大きく見開いた。

「久しぶりに聞いたよその名前。婆さんが言っていたのを今思い出した。〈蘆野原の郷〉のことだよね？」

「そうです」

「式神《しきがみ》を使って怨霊退散《おんりょうたいさん》の祈禱《きとう》を行うとか」

思わず苦笑いしてしまう。それは、平安の頃の陰陽師《おんみょうじ》の話やらが混同しているのではないか。まるきり縁が無いわけでもないけれども。

「正確に言うとそうではないですが、人の世の〈災厄《さいやく》〉を消すことができます。そして、あの立像に〈災厄〉が宿《やど》っています。つまり、まぁ要するにお祓《はら》いの様なものなんですが、それをやっていいでしょうか？」

「お祓いしなかったら、どうなるの？」

「言った通り、何らかの〈災厄〉があの立像の周囲に居る人に降り掛かります」

「僕にも？」

おそらくは。

「そうなるでしょうね。この部屋に始終いるのは佐々木教授でしょうから」

「僕たちがここでモデルになるとしたら、僕たちにも降り掛かるね」

知水が言うと、即座に佐々木先生は答えた。

「いいよ。やって。僕はここに居てもいいの？　何か用意するものは？」

「そこに居てください。用意するものは」

きれいに洗ってある絵筆を借りた。

「これで充分です」

本当ならば馬の毛を使った書筆がいいのだが、これもたぶん何かの動物の毛だろう。問題ない。

壁際にあった手洗い場で蛇口を捻《ひね》り、水を流す。上手《うま》く調整して流れ出る水を一本の細い糸の様にする。

それで、筆を濡《ぬ》らす。充分に濡らしたところで水を止め、筆を振る。

一度縦に、一度横に、さらに一度横に、さらに一度縦に。加えて縦に、加えて横に。

筆を持ちながら印を結び、印を切る。

「よし」

立像まで摺《す》り足と、音立てを交互に行いながら歩く。ちょうど三度それを繰り返したところで、正対する。

筆で、上から下に縦に切る。

「これ間《あいだ》なり間なり在《あ》らずに非《あら》ずくわえのとわへ曳《ひ》くも引くも萬《よろず》のよろずにもうしそうらえ」

三度唱《とな》える。そして。筆で下から上へ切る。何かが抜けた様な感覚が伝わってくる。

「為したよな？」

僕の真後ろで控えていた知水に言うと、知水は音を立てずに僕の身体を伝うように前にくるりと回り、立像に対した。それから、手の平に空気を含めるようにして丸めてそっと立像の頭に触れた。

その途端。

ぴしり、と、音がした。

立像に亀裂《きれつ》が入ったと思ったら、次の瞬間にまるで固められる前の石膏の粉程にも細かく頭の方から砂で作られた城が崩れるように、形を失っていった。

一瞬のことだった。足元に白い粉がまるで雲海の様に漂い、そして静かに床に散っていった。

「これは」

佐々木教授がようやく声を絞りだしたという様で、声を上げた。

「思っていたより〈燈土象〉が進んでいたみたいだね」

知水が言う。

「それはつまり？」

佐々木教授が、まだ眼を離せない様で、もはや崩れ落ちた白い粉になった立像を見つめながら訊いた。

「たぶん、今日明日にも〈災厄〉が降り掛かるまでになっていたという話ですね」

僕が知水を今日になって大学に連れてきたのも、きっと前触《まえぶ》れだったのだろう。

「そういうものなの？」

「そういうものです」

「君たちは」

佐々木教授が言う。

「ずっとこんな感じでやってきたの？」

「こんな感じです」

参

Episode 3

巣気

――すき――

空梅雨《からつゆ》と言うが、確かに今年は雨が少ないように思う。しとしとじめじめと梅雨の頃は、縁側の沓脱石《くつぬぎいし》に蛞蝓《なめくじ》が通った跡が乾かないと思える程なのに。日曜日の今日も朝から晴れていた。心無しか吹いてくる風も乾燥している様にも思える。こうも六月に雨が少ないと、農家の方で困るんじゃないかと心配になる。

蘆野原で過ごしていたのは幼い頃だったけれども、どこの家でも畑や田圃《たんぼ》で働いていたのを覚えている。自分たちの食べるものは自分たちで作っていたのだ。子供なりに手伝いをしていたし、蘆野川で漁《すなどり》をする人の舟によく乗せてもらったりもしていた。

自給自足が蘆野原の郷の暮らしだった。それで丁度《ちょうど》間に合う様になっていた。

あめつちとくらす、とは、古老たちが子供たちに言っていた言葉だ。それが出来るのが郷の暮らし。

こうして電気と瓦斯《ガス》があり、車が走り、ラジオから音楽が聴こえる街に暮らしていると、まるで夢の様にも思える暮らしぶりだ。その上テレビジョンまで国産のものが出てくるという。

「あの頃ってさぁ」

縁側で爪を切りながら知水が言う。

「あの頃って？」

「戦争をしていた頃だけどさ。季節を感じなかったよね」

「季節か」

「梅雨だの猛暑だの紅葉《こうよう》だのってさ。誰も口にしていなかったような気がするよ」

「そうだな」

振り返れば、そんな気もする。つまり、誰にもそんな余裕がなかったということなんだろう。

「終わって本当に良かったよね。ないのが一番なんだけどさ」

「そうだな」

起き上がれるようになった上楽先生は、街を見てみると言って百代さんと一緒に出掛けていった。身体が万全になったのなら、また郷の皆を繋《つな》ぐ旅に出ると言っていたけれど、果たしてそこまで回復するかどうかは判らない。

家の周りをぐるりと囲む板塀の一部は、皆で暮らしていた以前のままの矢来垣《やらいがき》になっている。その上を猫が器用に歩いている。白猫じゃない。焦茶色《こげちゃいろ》の猫だ。いつものことなので特に気にも留めなかったのだけど、その猫がふと、という風に立ち止まり、にゃあ、と短く鳴いたところで知水もふいに頭を上げた。

「誰か来たよ」

どれだけ耳が良いんだといつも感心する。それからほんの数秒の後に、「ごめんください」と、控え目に女性の声が聞こえてきた。

白いブラウスに紺色の細いプリーツのスカート、髪の毛はあまり見ない形で綺麗に整えられているが、ひょっとしたら外国映画の女優の様な髪形なのかもしれない。

目鼻立ちの整った女性だ。人によってはバタ臭いと言うかもしれない。その大きめの瞳を伏せて、持ってきた紫色の風呂敷を解《ほど》いて、菓子折りをつい、と前に出した。

「突然のお訪ねにもかかわらず快くお目通りを叶《かな》えてくださりありがとうございます。失礼かと存じましたがつまらないものですがお収めくだされば と思います」

「これは、どうも」

年の頃なら二十四、五と当たりをつけた。

名前を、矢萩紀子《やはぎのりこ》と名乗った。

「曽祖母が、蘆野原の御方様である、和野様に相談するがよろしいと申すもので、こうして厚かましくも参上した次第です」

「ひいおばあさんが、ですか」

知水が言うと、紀子さんは小さく頷いた。

「曽祖母は、若い頃に土縣様《ひじかた》という蘆野原の郷の方と親交があったと申しまして、その土縣様に言われていたそうです。何かあれば和野様を見つけ、相談するがよろしかろうと」

「土縣さんに」

郷の人間だ。ずっと蘆野原にいた人ではなく、外に出た人の仲間だ。

ひいおばあさんの時代となると、僕が知っているあの葉山に住んでいた土縣さんではなく、土縣さんのお父さんかお祖父《じい》さんなんだろう。

「え？　でも」

知水が軽い調子で言う。

誰にでも親しげな口調で、あるいは馴《な》れ馴れしく話し掛けるんだが、それが少しも無礼に思われないのはこいつの特技というか、やはり美男《びなん》は得だといつも思う。

「どうして、紀子さんはこの家を知っていたんですか？　土縣さんには今も会えるんですか？　あるいはお祖母様が知っていたとか？」

「いえ、それが」

紀子さんは、唇を引き締めた。

「土縣さんとの関わりは今はないそうです。どちらに居《お》られるのかは知りません。

そして、曽祖母もこちらに和野さんがお住まいだとは知りませんでした」

では何故？　と、二人揃って表情で問い掛けた。紀子さんは、ほんの少し憂《うれ》い
を秘めた様な表情を見せる。

「蘆野原の郷の方ならば、信じてくださると思いお話ししますが、曽祖母に和野
さんのお名前を聞いたその夜から夢を見まして」

「夢、ですか」

「夢の中に、白い猫が出てきたのです」

白い猫。

それは。

「その猫が、私を案内するのです。何度も何度も私の家からこの家へ。それで、
道順も覚えてしまいました。表札までもはっきりと覚えていました」

思わず知水と顔を見合わせてしまった。

姉さんだ。

きっと、猫になった姉さんだ。

どうやって人の夢の中に入り込む理《ことわり》を得たのかは皆目《かいもく》判らないけど、そうに違いない。

やっぱり姉さんは生きている。

どうしてここに帰ってこないのかは、謎だけど。

矢萩紀子さんが語った相談事とは、縁談の話だった。

「双子、ですか」

「はい」

紀子さんには妹がいる。名前を満智子《まちこ》さんと言う。二歳違いで仲の良い姉妹だと。その満智子さんに好き合った男が出来た。戦争から生きて帰ってきて、ようやく元の仕事に戻り、新しい時代を生きていこうという気概《きがい》を持った好人物だと言う。

ところが、その男性には兄がいる。双子の兄だ。その兄が、紀子さんを見初《みそ》めたという。

珍しい話ではあるけれど、まぁないことはないだろう。

「お名前は、吉野賢一《よしのけんいち》さんと、賢二《けんじ》さんです」

成程《なるほど》双子の名前の付け方だ。

「賢二さんと満智子さんは、良いご縁なのですよね？」

「はい。とても」

「では、そのお兄さんに問題があるとでも？」

訊いたら、紀子さんの眉間《みけん》に皺《しわ》が寄った。

「おかしな話なのですが、時々どちらがどちらだったか、判らなくなるのです。確かに双子ですからよく似ているのですが、見分けが付かないという程でもないのです。それなのに、満智子も迷うことがあると。それは」

言い淀《よど》んだ。余程《よほど》言い難いことなのか。

「いつも、夜なのです。暗い所為《せい》ではなく、何故か夜にお二人に会うと、見分けが付かない瞬間があるのです」

あぁ、と、知水が言って膝《ひざ》をポンと叩いた。

「〈巣気〉だ」

そうか、〈巣気〉か。

紀子さんが怪訝《けげん》そうな顔をして僕と知水を見た。

「何と仰《おっしゃ》いましたか」

残念ながら〈事〉を蘆野原の郷以外の人に説明するのは非常に難しい。なので、判りやすい言葉に言い換える。

「簡単に言えば、そのお二人の稚気《ちき》が悪い方向へ走っているということですね」

「稚気」

「悪戯《いたずら》を起こしたくなる心の病《やまい》の様なものです。疳《かん》の虫みたいなものとでも言えばいいですかね」

「疳の虫ですか」

そうです、と、頷いておいた。

「何はともあれ、お二人と会わせてください。出来ればあなたの家で、そして夕刻がいいですね」

為すのは、難しいものじゃない。その吉野賢一さんと、賢二さんが乱暴者でもない限り。

蘆野原の名を知る人は本当に少なくなってしまっているのだけど、紀子さんのひいおばあさんがよく知っていてくれて幸いだった。

三日後の夕刻。矢萩家を訪ねると、そこに吉野の双子も来てくれていた。

「わざわざ申し訳ありません。まずは失礼して、着替えさせていただきます」

こうして人前で〈事〉を為す際には、白衣を着る。付き従う知水は黒衣だ。これだけで場の空気が変わるのを、普通の人たちにも感じさせることが出来る。

実際、座敷に集まった矢萩家の皆さんと、吉野賢一さんと賢二さんの表情にも緊張の色が見える。

皆の前に、式に則《のっと》った作法で歩き、座る。

「改めてご挨拶《あいさつ》させて頂きます。蘆野原の長筋、和野正也と申します」

「付き従うは美津濃知水でございます」

頭をゆっくりと下げる。ただし、決して正対する相手から眼を離さない。そんな気はないのだが、そうすると自然と目付きが悪くなり、相手に威圧感《いあつかん》を与えてしまう。ただ、それも普通の人の前で〈事〉を為すのには有効だ。

「そちらに御座《おわ》す矢萩つね様の御招待に因《よ》り、これより永遠なる良縁の祈禱《きとう》をさせて頂きます」

そういう話にしてもらっている。

たとえば〈仮祇奴《かりぎぬ》〉の様な厄介な〈事〉ならば関係者全員に事情を知ってもらわなければ〈事〉は為せないが、〈巣気〉ならば誰も何も判らなくてもいい。単なる祈禱の類いと思っていればいいんだ。

「では、吉野賢一さん、賢二さん」

「はい」

「こちらに、お座りください」

持ってきた麻巻の上に座ってもらう。

「これなる白布を頭から被ってもらいますが、ほんの一、二分のこと。どうぞ辛《しん》抱《ぼう》なさって、決して動かないでください」

判りました、と、頷く二人の頭から白布を掛ける。ほとんど胸まですっぽり覆《おお》えるほどの大きさだ。

しゃん、と、知水が棒番を鳴らす。

しゃん、しゃん、しゃん、と、一定のリズムで四度続ける。

二人の顔の前で、印を結び、印を切る。

「縁《えん》はるかなり円《えん》とくるなりまこと心のむべなるたえなる真の根にはぜませうずませとおりませ」

さらに印を結び、また印を切る。

「かなたにこなたにすさびにあそびにうつほのとうにゆうらせよ」

〈巣気〉に囲われた人間は、好いた人間を困らせる。それも無意識にまるで子供の様に。子供の悪戯なら笑って済ませられるが、大人のそれは当然の様に問題になることも多いだろう。ましてや男女の仲ならそれが生き死にの問題にまで発展することも多い。

僕には見えないが、後ろで控える知水には、白布から立ち上る蒸気の様なものが見えるはずだ。固唾《かたず》を呑んで見守っている矢萩家の皆さんの中にも、少しばかり勘の良い方がいたのなら、何かが揺らめいているのが見えたかもしれない。

為した感覚がある。

ゆっくりと振り返ると、知水もゆっくり頷いた。

「終わりました」

二人の頭から布を取ってやる。

「どうぞ、末長くお幸せに」

御年九十八にもなるという矢萩つねさんはまだ矍鑠《かくしゃく》としていらっしゃった。

有り難いことで御座《ござ》います、と僕と知水の手を取り何度も何度も握り、そして何度も手を合わせ僕たちを拝んだ。念のために土縣さんのことを確認したけれど、やはり今はまったく何も知らなかった。何処にいるのかも生きているのかもわからない。

金銭は受け取らないという蘆野原の則も知っていて、荷物になって恐縮ですがと酒と米を持たせてくれた。

それこそ有り難いんだけど、知水は重い物を持って歩けないので、二つとも僕が持って歩く羽目になってしまう。

「死にそうだ」

「途中で都電に乗れば少しは楽でしょ」

「そうだな」

まだ明るさが若干《じゃっかん》残る街を、知水と二人で歩く。

「多美《たみ》さんは、どこでどうしているんだろうね」

知水が歩きながら、少し息を吐いた後に言う。

「案外、猫のままでずっと暮らしているのかなぁ。この街の何処かで」

「どうなんだろうな」

僕たちが猫につい眼を向けてしまうのは、ただの猫好きだからじゃない。常に姉さんを、白い猫の姿を追い求めているからだ。

「戻ってきそうだよね。きっと〈巣気〉で紀子さんの夢に現れたっていうのも、前触れだよ」

「そうかもな」

そうだといいな、と、心底思う。血は繋がっていないけれども、残された大事な家族の一人の姉さん。

肆
Episode 4

似岫
―にくき―

知水《ともみ》は勝手気儘《きまま》というか、自由とでも言うべきか、自分の部屋があるくせにその日の寝床はその日に決める。六割方は僕の部屋に布団を持ってきて無造作に敷いてそのまま寝る。幼い頃からそうやっていたから僕の方でも何の気にもかけない。

その夜はどうやら自分の部屋かあるいは居間にでも寝たのか、とにかく僕の部屋では寝なかった。僕も丑三《うしみ》つ時が訪れる頃に万年筆のキャップを閉じて、そろそろ寝るかと横になった。

あぁ寝入ったな、と、自分でも意識したときだ。

大体僕は寝つきが良くて、布団に入って呼吸が落ち着き布団と自分の体温が同じ程になるぐらいに、すうっ、と眠りに入る。その瞬間が自分でも判る。だけど、その瞬間に何かの気配《けはい》で眼を開けてしまった。

天井が見えて、そして、くい、と頭を右に、つまり縁側の方に向けた時に眼に入ってきた。

白い着物を着た女の姿だ。長襦袢《ながじゅばん》ではなく、着物だ。友禅ではないかと思ったほどに上質な生地に豪華絢爛《けんらん》な流水紋の様なものが入った着物を着た、女。

幽霊じゃない。

そもそも蘆野原《あしのはら》の郷《さと》の人間は幽霊を見ない。

いや、〈事〉を為《な》す際に様々な悪鬼《あっき》妖怪魑魅魍魎《ちみもうりょう》の様なものの姿を見ることはあるが、人の魂が無念の塊《かたまり》となりこの世に現れる幽霊というものは〈理《ことわり》〉の中にはない。

〈あぁ、これは〈似岫〉か〉

そう見当はついたものの、身体《からだ》が動かない。寝入った拍子のことだったたから恐らくは金縛りのような状態になっている。このまま放っておいても〈似岫〉が直接僕に〈災厄《さいやく》〉をもたらすことはないけれども、たぶん蘆野原の人間ではない百《もも》代《よ》さんが夢見の悪い日々を過ごすことになる。それは可哀相だと思うものの、このままでは印を結ぶこともできない。

そう思ったときに。

にゃあん、と、どこかで猫が鳴いた。

遠くから、けれどもはっきりと耳に届いた。

にゃあん、みゃあん。

それで、身体が動くようになった。

「知水！」

起き上がり様、叫ぶように呼ぶ。〈似蚰〉はまだそこにいる。印を結び印を切る。足で音立てをする。三度強く打ち、一度軽く打つ。それを四度繰《く》り返す。

からり、と、襖《ふすま》が開いて知水が飛び込んできた。

「何事？　あ」

見えたんだろう。

「〈似蚰〉とは風流だね」

「そんなこと言ってる場合か」

確かに、〈似岫〉は風流にも思える。その立ち姿は美しく周囲に雅《みやび》な風景も共に見せることもある。たとえば、紅葉見事な谷の清流のせせらぎ等と一緒に現れるといった具合に。

「待ってて。今持ってくる」

知水が台所へ走り、茶簞笥《ちゃだんす》の下の棚から笊《ざる》を持ってきた。

「これでいい？」

「充分《じゅうぶん》」

本来なら若い竹を採ってきて作る浅い籠《かご》を使うのだけど、そんなものは家にはないし竹林もこの辺《あた》りにはない。

うつむいたまま動かない〈似岫〉に向かって笊を放り投げる。

「そもそこに御座《おわ》す憂なき言う無き結う泣き御姿にかなしませうともしませうはいりやはいりやうつのみや」

印を結び、印を切る。知水が手打ちで音立てをする。

すう、と、音もなくその姿が床に落ちた笊の網の目に吸い込まれるように消える。

「為したよな？」

「もちろん」

知水が笊の前に屈《かが》みこみ、印を結んで印を切って、吐息《といき》を掛ける。

「燃やすのは朝になってからだね」

笊をひょいと持ち上げて言う。

「そうだな」

「笊をひとつ買ってこなきゃならないよ。これ、母さん気に入《い》って使っていたんだから」

「そうだな。いやそれよりも」

猫の声が聞こえたんだ。思い出して慌《あわ》てて縁側の戸を開けた。暗闇の中に眼を凝《こ》らしたけれども、動くものはいない。部屋の灯《ひ》を反射して光る二つの眼もない。

「どうしたの？」

「猫の声が金縛りを解いてくれたんだ」

そうとしか思えない、計ったような頃合いで鳴き声が響いた。知水も隣に並んで夜の庭を眺《なが》める。

「猫の声なんかしょっちゅうしているけどね」

「そうなんだけどな」

ただの偶然かもしれないけど。

肆
Episode 4

能菩土気

――のぼとけ――

　七月に入って急に晴天の日が二週間も続き、しかも気温もうなぎ登りになって水不足が囁《ささや》かれていた。確かにこういきなり暑くなってしかも雨も降らないとなると、農家の人たちも困るだろうと思う。

　何よりも風の通りが悪いような気がする。式造りであるこの家は風の流れも上《う》手《ま》く通る様に設計されているはずなんだけど、それも風が吹いての話だ。凪《なぎ》の海の様に風がまったく吹かないことにはどうしようもない。

「おかしな天気ですよね先生」

　この急激な暑さで少し体調を悪くした上楽《かみらく》先生。葦簀《よしず》も使ってなるべく日陰を作ってあげて、扇風機も持ってきたのだけど顔色は悪い。扇風機で強い風が当たるのも余計に悪いかと考えて、傍《かたわ》らに座った知水はゆっくりと団扇《うちわ》で風を送っている。

「確かに、おかしな天気ね」

力なく、それでも笑みを浮かべて先生は言う。食事は少ないまでも摂《と》れているので大丈夫だとは思うのだけど。

「おかしなことと言えば正也《まさや》ちゃん」

「はい」

「新聞を読んだ？　横浜の空を不思議なものが飛んで、〈空飛ぶ円盤〉じゃあないのかって」

「あぁ」

知水と顔を見合わせて頷《うなず》いた。

「読みました。何でも結構長い間見えていたようですね」

空想科学小説に出てくるような話だが、海外で〈flying saucer〉と呼ばれてその訳語がこちらでも定着してきた。〈空飛ぶ円盤〉と言われてすぐ頭に浮かんでくるのは陸上競技にある円盤投げなのだが。

「先生は宇宙人なんかいるって思います？」

悪戯《いたずら》っぽい笑みを浮かべて知水が訊《き》くと、先生も少し笑った。

「そうね。もしもいるんなら楽しいなって思うけれども」

上楽先生は、少し頭を動かして、庭の方を見た。いや、空を見たのかもしれない。

「私たちが為すべき〈事〉は〈古圖《こと》〉なのよね」

「そうですね」

〈古圖〉は、古いものだ。

古くから、この日本という国にまだ日本という名前がついていない、ただの〈あまつちのち〉と繫《つな》がっていた地というだけの頃からのもの。だから、新しい〈事〉などはない。

「でも、人は想像する生き物なのよ。思いもよらないものを想像して、そしてそれを実現させてきた生き物なの。空を飛ぶ飛行機なんて、大昔には誰も想像しなかったでしょう？　ただ鳥のように空を飛べたらいいな、なんて考えていただけで」

「そうですね」

科学技術の発展とは、すなわち人間の想像力の産物なんだろうという話は大学でもよくする類《たぐ》いのものだ。

「だから、人間がどんどん新しいものを創り出していくのなら、古くからあるものが消えていくのも宿命というものなのかもしれないと思うのよ」

頷いた。

「父さんもよく言っていました。新時代は来る。果たしてそのときに蘆野原の郷の人間としてはどう生きるべきかって」

「そうよね。だから和弥ちゃんも一度は郷を出て長筋《おさすじ》として暮らしたのよね」

そう聞いている。

「もしも空飛ぶ円盤や宇宙人が新しい〈事〉だとしたら、この国の人に〈災厄〉をもたらすのだとしたら、もう私たちには何にも出来ないわね」

「それはそうですよ」

知水が言う。

「この地と繋がっていない、遙か彼方《かなた》の空からやってくる〈災厄〉なんて、僕らはどうしようもないじゃん。蘆野原の者が為すべきものは、この地より生まれ出るものだけでしょ？」

その通りだ。

たとえば、巷《ちまた》に妖怪という概念《がいねん》がある。それは昔から人々の間で恐れられた何かに名前と姿を与えたものだ。ある意味ではそれも人間の、日本人の想像力から生まれたもの。実在はしないが、それが生まれた元になった事象《じしょう》は確かにあるのだ。

私たちはそれを〈事〉とする。

「もう起こらないであろう消えた〈事〉もあるわね」

先生が静かに言う。

「消えた〈事〉？」

知水が繰り返した。

「電気のお蔭で、〈波弄《はろう》〉はもう起こらないでしょうね」

「あぁ」

そうか、と、知水と二人で頷いてしまった。確かに〈波弄〉は為したこともないし、起こったと聞いたこともない。

「あれは、深い闇がなければ見えないんですよね？」

知水が訊くと、先生は小さく頭を動かした。

「電線の通っていない深い山の中からだって、街の灯は見えるわ。懐中電灯だってある。明るい灯が見えるということはもう〈波弄〉は起こらない。起こるはずがない。つまり、この世から消えているのよ」

「そうやってどんどん新しい技術が起こり、この世が便利になっていけばいくほど、あるいは〈事〉なんかどうでもよくなる、大きな別の原因による〈災厄〉が増えれば増えるほど、消える〈事〉が出てくるってこと？」

知水が言う。

「そうね」

上楽先生は、小さく息を吐《は》いた。

「同じように、蘆野原のことを知る人が誰もいなくなったら、蘆野原で生まれた郷の人が誰一人いなくなったら、〈事〉を知る者は消える。つまり、〈事〉も消えるってことになるのかもしれないわね。宇宙人なんてものが地球を攻めてきたら、どうしようもないものね」

「まぁ」

知水がひょいと肩を竦《すく》め、諦観《ていかん》したような笑みを見せた。

「戦争の間も〈事〉はほとんどなくなっていたも同様だったからね」

「そうだな」

僕たちは〈理〉を知る。

〈あまつちのち〉とこの国の繋がりを知る。

繋がりとは紐《ひも》で結ばれている様なものではなく、たとえて言えばお互いに手を伸ばして手首を掴み合っている様なものだ。どちらかが手を離せば緩む。両方で手を離せば繋がりは消える。

戦争は、たぶんそういうものだ。互いの繋がりを拒否しなければならなくなるものだ。二度と起こしてはならないと思うが、個人の力でどうにかなるものでもないし、蘆野原の郷の人間が全員集まったところで、どうにもならない。

「誰か来たね」

ふいに顔を外に向けて知水が言う。

「こいつの耳の良さも、ひょっとしたら新しい時代に生まれたせいかもしれないですよ」

そう言うと先生は可笑《おか》しそうに笑った。

「新しい人間なのかもしれないわね」

「人を化け物みたいに言わないでよ」

それだけの会話をしたところで、ようやく表玄関の戸が開く音がした。

「ごめんくださいませ」

仕立ての良さが見て取れる白のシャツに、これも上等の黒の麻のズボン。柿崎《かきざき》と名乗った紳士は五十絡《がら》みと見て取れた。居間の座卓の前に着き、しきりにハンケチで汗を拭《ぬぐ》った。せめてもと冷たい麦茶を出したが、その程度でこの暑さは身体から引いていかない。

「本当にひどい天候ですね」

「まったくです」

銀座《ぎんざ》の〈墨宰堂《ぼくさいどう》〉の名刺を出してきた。〈墨宰堂〉と言えば大店《おおだな》だ。画材から文房具や紙などとにかく書くものに関しては何でも扱《あつか》い海外の高級品も扱ってい た。

「ビルは焼け落ちたと聞いていましたが」

はい、と、柿崎さんは頷いた。

「幸いにも以前と同程度のビルを建て直し、今は営業を始めております」

「そうでしたか」

しばらく銀座には近づいていない。以前にもそれほど通ったわけではないけれど、墨宰堂には何度か万年筆を見に行ったことがある。

柿崎さんはもう四十年もそこで働いている。社員ではあるが墨宰堂創業者である仁科《にしな》家のお世話をずっとしているという。

「わかりやすく言えば使用人頭とでもするといいでしょうか」

「なるほど」

家族同様の付き合いをさせてもらっていて、もちろん店の仕事もしているが基本は仁科家の皆さんの日頃の世話をするのが日課だと言う。

「実は、不可思議な出来事が起こりまして、色々と皆さん悩んでいたのですが、富子《とみこ》さんという社長のお母様が『蘆野原の方を捜し出しておすがりした方がよろしい』と言いまして、こうしてお伺《うかが》いさせてもらった次第です」

知水と二人顔を見合わせた。

「僕らのことはどこで知りましたか？」

「それが」

柿崎さんは少し困ったような表情を見せた。

「怪《あや》しまれても困るのですが、富子さんに言われたもののどうやって捜せばいいものかと考えていた矢先に、ある托鉢僧《たくはっそう》が仁科家の玄関を叩きまして」

「托鉢僧」

思わず繰り返してしまった。

「笙然《しょうぜん》、と名乗りました。その笙然和尚《おしょう》さんが応対に出た私にいきなり言うたのです。『蘆野原の長筋である和野正也がここにおる』と。そして懐《ふところ》から紙を出してテェブルに置くと、そのまま何も言わずに立ち去りまして」

汗を拭《ふ》き拭き柿崎さんは恐縮しながら言う。そして、持ってきていた黒い鞄《かばん》から紙を取り出して、座卓に置いた。

「これは」

匂紙《においがみ》だ。古びて黄ばんだ匂紙にここの家の住所が筆で書いてある。

「この字、見たことあるよ」

「僕もある。ちょっと失礼します」

慌てて立ち上がって大股で部屋に向かい、天袋を開けて箱を取り出した。確かにこの中に入れておいたはず。

「あった」

居間に取って返して、古びた葉書を匂紙の横に並べた。

「間違いないよ。同じ筆跡《ひっせき》だよ！」

知水が興奮したように言う。そう思う。いや間違いない。

某々爺《ぼうぼうじい》の筆跡。会ったことはないけれども、ずっと話に聞かされていた蘆野原の古老。既《すで》に死んでしまっているけれども。

「その筌然和尚は、他に何も言わなかったのですか?」

「いえ、それが」

柿崎さんが言う。

「慌てて後を追いまして、どういうことかと尋ねたのですが、ただ、にいっ、と笑うのです。そして、『猫が持ってきた』と」

「猫が持ってきた？」

「そう言ったのです。その紙は返さなくて結構。蘆野原の御方に渡すがよい、と」

猫が持ってきた某々爺が書いた匂紙。そもそも匂紙とは文字を書くために使うような紙じゃない。〈事〉を為す際に燃やしたり、あるいは千切って風に飛ばしたりするときに使うものだ。

そして、猫だ。

「白猫と言ってましたか？」

訊いたら柿崎さんは首を横に振った。

「いえ、ただ猫と」

「笙然和尚なんて名前は聞いたことないよね」

知水が言うので頷いた。まったく知らない。

「後で上楽先生に訊いてみよう」

昔から誤解されることが多かったと聞くけど、蘆野原の郷には宗教というものはない。だからお寺もないし神社もない。鳥居と似たようなものは村へと入る道の傍らに立ってはいるけれど、それは鳥居とは呼ばずにただ〈門〉と呼ぶ。郷の人間が亡くなったら、送りの式を行う。そこにはお坊さんも神主さんもいない。

何はともあれ、せっかく訪ねてきてくれたのだからその不可思議な出来事というのを聞いてあげないとならない。

「それは店舗を建て直したときから始まったのです」

最初は音だったと柿崎さんは言う。

何かを擦《こす》るような音が、仁科家のあちこちに響いたそうだ。けれどもさして大きな音でもなかったので、聞いた人たちはそれぞれに誰かが掃除でもしているんだろうと考えていた。

「擦るような音、ですか」

「そうです」

さて、と、知水と二人で首を捻《ひね》ったがそれだけでは何の〈事〉なのかは判然としない。柿崎さんはその音が夜中にも響くようになって、ようやくこれは何かおかしいと家人が皆気づいたと言う。

「次は、水が流れる音でした」

「水音」

「それも、洗面器にでも溜《た》めた水をざざぁとどこかへ流すような音です」

「家のあちこちで聞こえたということですか」

そうです、と、柿崎さんは頷いた。そして次に起こった出来事で皆がいよいよこれは怪異だと震えたそうだ。

「雷が落ちたのです。家の中に」

「雷」

「ものすごい音が響き渡り、光がパッ！　ときらめくのです。そしてドーン！と落ちる音もするのですが、家の中に落ちた形跡はありません。もちろん外では雷など鳴っていませんでした」

「つまり、音と光だけですね」

「そうなのです」

雷となると、と、知水が言う。

「〈雹来《ひょうらい》〉かな？」

「いや〈雹来〉なら本当にどこかに雷が落ちる。話では落ちていないから違うだろうし、その前触れに擦る音なんてのは立てないだろう」

「まぁそうだね」

これは判り難い。

〈事〉は千七つほどある。判り易《やす》いものもあれば、しばし悩んでしまうものもある。中には悩んだはいいけどただの自然現象だったという場合もなきにしもあらずだ。

「仁科家のお宅は、戦争でも無事だったのですか？　建て直したりは」

「あ、新しく建てたものです。以前はビルの最上階に住んでいたもので」

「ビルの？」

「お店のですか？」

知水と二人で同時に言ってしまった。

「そうです」

それが何か、と、柿崎さんはそういう表情を見せた。

「すると、まったく新しく土地を購入し家を建てた」

「いえ、以前は親類のところだったものですが、長く空《あ》き家《や》になっていまして、そこに建て替えました。もちろん」

慌てたように柿崎さんが軽く手を振った。

「そこで親族の争いがあったとかではありません。神主さんを呼びお祓《はら》いなどもきちんと済ませています」

「それだ」

ポン、と、手を打ってしまった。

「〈能善土気〉だね」

知水が頷きながら言った。

「のぼとけ？」

きょとん、という表情を見せて柿崎さんは繰り返す。たぶん柿崎さんの頭の中には〈野仏〉という言葉が浮かんでいるだろうが、違う。〈能善土気〉なんだが、それがどういうものかを普通の人に説明するのは難しい。

「焼けてしまったビルと、新しいビルの階数は同じですね？」

「同じです」

「かつて自宅があった最上階は、今はどんな売り場に？」

「主に海外からの輸入品です。万年筆や画材、近頃は洋書なども扱っています」

「以前にビルの避雷針《ひらいしん》にでも雷が落ちたことはありませんか？」

柿崎さんが、大きく頷く。

「ありました！　覚えているだけでも二度ほど」

間違いない。

さすがに一般のお客さんがいるところで為すのは気恥ずかしいし、お店に変な評判が立ってしまっても不味《まず》い。閉店を待って、従業員の人も帰らせてから準備をした。

「この辺かな」

知水が立つ。

「そうだな」

大体、フロアーの真ん中付近。ちょうどよく什器《じゅうき》などもなく通路だった。

「イーゼルを借りていいですか?」

「あ、どうぞ」

柿崎さんがすぐに持ってきてくれる。そこにイーゼルを置き、什器に掛かっていた埃除《ほこりよ》けのベージュの布を取り、イーゼルに掛ける。

「いい感じだな」

〈能善土気〉は光を好《この》む。照明を全部点《つ》けてもらい、さらにお店に置いてあった懐中電灯も借りて、布を掛けたイーゼルを照らす。

北に知水を立たせ、南に僕が立つ。二人で顔を見合わせ、呼吸を合わせる。焦《あせ》らずゆっくりと合わせる。合わせようと意識した呼吸がひとつになりやがて意識もしない普通の呼吸になるまでゆったりと待つ。

頃合いを見計らい、眼で合わせて、同時に印を結んで印を切る。

鏡合わせのように完全に二人の動きが一致しないと為すことはできない。一致しなかったら最初からやり直すが、今回は上手く行った。

傍で見ていた柿崎さんは僕と知水の動きが完璧に同じだったので、まるで何かに操られている機械仕掛けにでも見えたことだろう。

「かえらずおもいにかなしにながしにおもえどたゆたうまさごのときなり」

「はかなきおもいにむかしにとかしにとものとうときいさごのしきなり」

二人で同時に、唱《とな》える。印を結び、印を切る。

「蕩々《とうとう》と延々と燦々《さんさん》と駸々《しんしん》と久しに賑《にぎ》わし永遠《とわ》に和得《わとく》に帰らせたまえ」

イーゼルに掛けた布が微《かす》かに震えた。為した感覚がある。

知水がゆっくり頷いた。

「為したよ」

☆

最上階の隅《すみ》には来客用の応接間があり、このまま帰すには忍びないのでせめてお茶でも、なんだったら美味《おい》しいウイスキーもあるので飲んでいってほしいという柿崎さんの言葉に甘えた。帰りは車で送ってくれるという。それならば一杯だけ、と、知水と二人でソファに腰を落ち着けた。

「つまり、家にも記憶があるという解釈でよろしいのでしょうか？　その記憶が何というか、成仏《じょうぶつ》しないままに新しい家に取り憑《つ》いたと」

今回の〈事〉について少し説明すると、ソファに座った柿崎さんが身を乗り出して訊いてきた。

「表現は別にして、そういう解釈が成り立つとは思います。それが正しいとは言い切れないのですが」

〈能菩土気〉はそういうものだ。

「前の家でも響いていた音がそのまま今の新しい家に響いていたのですよ。雷もそうですね」

「放っておくとね、その内に話し声や笑い声とかもしてくるんだよ。それは全部自分たちの声なのに、気づかないでただ怖がる」

そういうものだ。

「原因が判らぬままに、気に病んだりして終《しま》いには家は不幸に見舞われるということですね？　それがあなた方の仰る〈災厄〉であると」

「はい」

そういうものです、と、頷いた。ふぅむ、と、柿崎さんは腕を組み考え込む。

納得も理解もしてもらったようだけど、何かを考え込んでいるようだ。

「私も実は祖母に〈蘆野原〉の話を聞かせてもらったことがあります」

「そうですか」

「それで思い出したのですが、祖母も一度子供の頃に〈蘆野原〉の方に来ていただいてお祓いをしてもらったんだと話していました」

「へぇ」

知水がグラスを傾けてから頷く。こいつは酒は弱いくせにまるで水を飲むかのようにごくごくと行くので、一杯だけで終わらせないと僕が困る。

「それはどんな人だったのかなんて、覚えていないですよね？」

訊くと、柿崎さんは苦笑した。

「申し訳ありません。まったく覚えていません。ただ、〈蘆野原の郷〉からわざわざ来てもらったはずだとは言っていました」

「郷からですか」

それは、かなりの大きな〈事〉だったのかもしれない。ひょっとしたら三人五人七人と数を束ねて為さねばならぬもの。声明《しょうみょう》なんかもあったのかもしれない。

「蘆野原の郷とは、どちらにあるのですか？」

単なる好奇心だろう。柿崎さんが訊いてきた。

「京都《きょうと》の方にあります。山深いところなので、ほとんど誰も知りません」

入ろうとしても今は入れませんよ、などとは話さない。一般の人に説明するようなことではない。柿崎さんが、そうですか、と、頷く。

「先程のお坊さんの件なのですがね」

柿崎さんが続けた。

「何でしょう」

「まったく見知らぬ御坊であったのは間違いないんですが、笙然という名前には聞き覚えがあるんです」

「あるんですか？」

こくり、と、頷いた。

「知人が檀家になっているお寺が武蔵野《むさしの》の方にあるんですが」

「武蔵野ですか」

「その知人と酒の席でなんだかんだと話しているときに、まぁ年寄りにはよくある話題で親の葬儀やそういう話になりましてね」

はいはい、と、頷いておいた。

「そこで、知人がお寺の御坊を〈笙然〉と呼んでいました」

「そうなんですか？」

「単に同じ名前かもしれませんし、字が違う別人かもしれませんが」

知水と顔を見合わせた。

「武蔵野のどの辺りの何というお寺ですか？」

残念ながら覚えていない。でも、正確なところを後で知人に確認して間違いなく知らせる、と、柿崎さんは約束してくれた。

ありがたい。

何故そのお坊さんは匂紙を持っていたのか？　あれは蘆野原の郷の人間しか持っていないものだ。生前の某々爺から預かったにしても、猫が持ってきたとはどういうことか。

訊きに行かなきゃならない。

伍

Episode 5

浄頭《じょうず》

伍

Episode 5

　この国の全てが、どこもかしこも焼け野原になってしまったわけじゃない。取り分けこの辺《あた》りは爆弾が落ちることもなく、きっと以前から変わらないままなんだと思う。まぁ野っ原に爆弾落としても無駄ってこともあっただろうけど。

「里山《さとやま》っていうのは、やっぱりいいね」

　知水《ともみ》が言う。

「気の流れが良いんだよね。式造りの家と同じだ」

「そういうことなんだろうな」

　里山とは、手付かずの自然のことじゃあない。そもそも人間が入ったというだけでそこは手付かずじゃない。田圃《たんぼ》も畑も用水も何もかも、人がそこで生きるために、生きやすいようにあるがままの自然に手を加えたものだ。

この山にしたって、人間が木を切り出し下草を刈り、人間にとって丁度《ちょうど》良い具合に調整する。必要であれば木材に使いやすい木を新たに植えて森の形を変える。

そうやって、人と自然が一体となって丁度良いように長い時間を掛けて造られたものが、里山だ。文字通り、里と山なのだ。

ここ武蔵野《むさしの》の辺りにはまだそれが残っていた。

「身体《からだ》の具合も良さそうだな」

「最高だね」

途中で知水が倒れそうになったら引き返そうと思っていたのだけど、バスを降りて辺りに雑木林が目立つようになったら、急に元気になってきた。

とは言っても、里山ならどこでもいいってわけでもないだろう。

「たぶん、ここらの環境が蘆野原《あしのはら》に似てるんだろうな」

「水も合っているんだと思うよ。香りがいいもの」

「そうかもしれないな」

名前の通り、美津濃《みずの》家の人間は水に敏感だ。酒を飲んでも使われた水の違いが判るぐらいに。郷《さと》の外に出た美津濃家の人の中には酒造りの杜氏《とうじ》になったのも多いというのも納得の話だ。普通の人はまったく感じない空気中に含まれる水分でさえ、美津濃家の人間は微妙に感じ取れる。だから、この辺りの地に沈む水、つまり空気中に含まれる水の気が知水の身体に合っているんだ。

匂紙《においがみ》を持ってきた笙然《しょうぜん》和尚《おしょう》。その人本人かどうかは判らないけれど、笙然というお坊さんはこの先の〈みす寺〉にいると聞いてきた。お寺の名前にひらがなが使われているというのも珍しい。専門家じゃないので判らないけど、少なくとも僕も知水も聞いたのは初めてだった。

低い山と山に挟《はさ》まれたようになっている田圃が左右に広がる狭い一本道を歩く。そこここに、緑色のこんもりとした林が田圃の合間に残る。あれはきっと地蔵とか道祖神《どうそじん》とかそういうものがあるところなんだろう。昔はただの野っ原で道だけがあったのを、開いて田圃にしたんだ。

この国の人々は神も仏も信じる。そもそも神も仏も後から人が頭で捏《こ》ね繰り回して考えたものだ。考え方によって唯一神とか創造主とかが生まれてきた。けれども、人という種が誕生する以前から、人間が小賢《こざか》しい知恵を獲得するずっと以前からこの国には生きているものがたくさんあった。人間よりも優《すぐ》れているもの、人間ができないことをできるものの存在があった。石でさえ、人より硬く色んな道具になるから優れている。だから石にも神がいる。宿《やど》る。そういう考え方があったのだ。

「あそこだね、きっと」

知水が指差した山裾《やますそ》に卒塔婆《そとば》や墓が見えた。その向こうに小さな寺の屋根が見える。するとすぐそこの二手に分かれる道を右に行くんだろうと歩き、そこに差し掛かったときだ。視界の端っこで何かが動いて、二人で同時に顔を向けるとそこに狸《たぬき》がいた。

田圃の畦道《あぜみち》の真ん中で、ひょいと頭をもたげてこっちを見ている。

狸か、と思って、愛嬌のあるその様子に立ち止まった瞬間に、その足先に何かが落ちた。

「うん？」

見ると、地面に丸い染みが付いている。

「雨か？」

雨粒が地面に吸い込まれたような丸い染み。丸い跡。

「え？　でも降ってないよね？」

知水も空を見上げる。薄い雲がところどころにあってきれいな晴天とは言えないが、晴れだ。黒い雨雲はどこにも見られない。

ひゅう、と、何かが落ちるのを感じた。

また、少し先の地面に丸い跡が見えた。それが、ひとつ、ふたつ、みっつと増えた。

「あ、〈浄頭〉だ」

知水が言う。

「〈浄頭〉か」

言いながら二人で同時にポケットからハンケチを取り出して広げて、頭に被《かぶ》った。〈浄頭〉は先に進んでいるからもう戻ってはこないだろうけど、念のためだ。

あれを頭に浴《あ》びると二、三日は何もかもがうろ覚えのまるで馬鹿の様になってしまう。

「やっぱり前触れだったんだね。匂紙」

「そういうことだな。持ってきて良かった」

肩に掛けていた鞄《かばん》から匂紙を取り出す。正式には鍛《きた》えた小刀で六片に切らなきゃならないんだけど、小刀なんか持ってきていないから手で切り裂く。大体六片に分けるとそれを唱えながら最初の〈浄頭〉の上に重ねていく。

「転々ゆく散々ゆく混沌《こんとん》たるねにはかるゆうたへのものにものもうしおんたてまつりあげる端境《はざかい》にきざはしにそろいゆらぎさらえよ」

唱えながら一枚ずつ重ねて最後に印を結び印を切る。脇に控えていた知水が火打ち石を三回打って唱える。

「供《とも》し灯《とも》れ」

ぽう、と音がして匂紙に火が灯る。そしてあっという間に燃え尽きて、白い煙が昇って行く。

それが、風に乗ってゆうわりと広がっていく。儚《はかな》く消えていく。

「大丈夫かな？」

訊《き》いたら、知水が頷《うなず》いた。

「効《き》いてるよ。大丈夫。ねぇ、ということはさぁ」

言いながら知水が振り返ると、その視線の先に狸がまだいた。後ろ足で立ち上がるようにして鼻先を空に向けて何やら動かしている。

「あの狸に助けられたのかな」

「どうだろうかな」

けれども確かにあの狸に気を取られなかったら、まともに頭に浴びていたことになる。何か食べられるものでも持っていたらあげるところだけど、何もない。

知水が一歩近づくと、途端《とたん》に四つ足に戻って警戒するように低く伏せた。

「狸って、猫の仲間だっけ？」

「どうだったかな。いや、狸は犬の仲間だろう？」

「犬も猫も結局は同じ仲間なんじゃなかったっけ？」

二人であれこれ言うが、残念ながらそっち方面の知識は少ない。

「まぁいいよ。放っておこう」

揃《そろ》ってまだそこで警戒している狸に向かって頭を下げた。
狸がきょとん、とした顔を見せたように思う。

伍
Episode 5

逆豆忌《さかずき》

〈みす寺〉には本堂の横に小さな庫裏《くり》があり、そこの玄関を叩くと、作務衣《さむえ》のような着物を着た若い女性が現れた。まだ十五、六かそこらではないかと見える少女だ。いや、その年頃の女性に少女と言っては怒られるか。

髪の毛の色が淡い、と感じた。ひょっとしたら外国の血が混じっているのかと思うほどに。目元はきりりと上がり、そこにもどこか西洋風なものを感じた。美しさと可愛らしさが不思議な感じで同居している幼顔。

名を名乗り、笙然和尚に会いたいと告《つ》げると、少女は少し待ってください、というふうに右手の平を広げ、それから横の壁を指差した。

そこに、小さな黒い板があった。

『外出しています。じきに戻りますので本堂でよければそこでお待ちください』

そう達筆な文字で書いてあった。

成程《なるほど》、と二人で頷き少女を見ると、少女も笑顔で頷き、どうぞ、というふうに手を本堂に向けて指し示した。

お言葉に甘えて、知水と二人で本堂に上がり込んだ。

本当に小さな寺で、しかもかなり古い。

「今にも朽《く》ち果てるんじゃないかって」

「いや、それはさすがに失礼だろう」

少女が持ってきてくれたお茶を飲みながら、上がり間の板場であぐらを掻《か》いて休ませてもらっていた。

「でも、確かに枯《か》れているよ。憂気《うき》を全然感じないもん」

「そうなのか?」

寺や神社には、多くの人々の信仰の念がもたらす憂気が生《しょう》じる。それは特に悪いものではない。普通の人ならどこか厳かに感じたりする寺や神社の孕《はら》む空気を、僕たちが憂気と呼んでいるだけの話だ。残念ながら長筋である僕は憂気を感じることができない。

「憂気がないってことは、それだけ檀家が少ないってことか」

「あるいは、笙然和尚が生臭《なまぐさ》坊主かのどっちかだね」

「どちらにしてもこの寺の未来は儚いか」

頷きながら、知水が首を伸ばして庫裏の方を見た。

「それにしちゃあ、さっきの女の子は生気があったよね。可愛いし」

「そうか？」

そんなに注意しては見ていなかったけど、知水が女性に興味を持つのは珍しい。

「和尚の娘さんなのかな」

「あるいは孫か。もしくはまったく血縁のないお寺の小僧さんか」

「小僧さんって、女の子もなれるの？」

それは、どうなんだろうな。残念ながらそっちの知識も足りない。

「口がきけないのかな」

「そんな感じだったたな」

生まれつきなのか、あるいは何かの病でそうなってしまったのか。確かめはしなかったけど、お茶を持ってきてくれたときも一言も発しなかったのは確かだ。

「あ、あれかな?」

知水が顔を向けた方を見ると、確かにお坊さんが見えた。ただし、あんまりお坊さんらしくなかった。袈裟《けさ》を着たまま自転車を漕《こ》いでいるんだ。

「初めて見たな。自転車に乗ってるお坊さんって」

「僕もだ」

これはお待たせしましたな、と、笙然和尚はにこやかに大股で廊下を歩いてきた。袈裟は脱いできたらしく、ただの灰色の着物だ。

「お忙しいところを申し訳ありません。和野正也《かずのまさや》と申します」

「美津濃知水です」

二人で頭を下げる。

「笙然と申します」

細身の人だ。顔も細いけれども、貧相な感じではない。目元にはどこか涼《すず》やかさも感じる。自分より年上の男性の年齢というのは判断し難いのだけど、まだ四十か五十ぐらいではないかと思える。

「さて」

手を僕たちに向けて合わせて礼をしてから、にこやかに言った。

「お若い方がこんな抹香《まっこう》臭いところに、どのようなご用向きかな」

「実は、僕と知水は〈蘆野原〉の郷の人間です」

仏門の人ならば、和尚さんならば蘆野原のことを知らないはずがない。そう思って最初に言うと、ほう、と、口を丸く開けた。

「それはそれは」

もう一度手を合わせて、一度眼を閉じて何事かを唱えた。そもそもこの笙然和尚がどの宗派かも判らない。

「この年になるまで蘆野原の郷の方とはご縁がありませんでした。ありがたいことです。しかし」

微笑《ほほえ》んだまま、僕と知水の顔に順番に眼を向けた。

「蘆野原の者、と言われても、はい左様でございますかと素直に頷くわけにもいきません。何せ、私たち仏に帰依する者にとって蘆野原はある意味では特別な場所」

判りますね？　と、いう表情を向ける。

その通りだ。

あらゆる宗教と蘆野原の郷はある意味でまったく相容《あいい》れず、ある意味で表裏一体のような存在。中にはその存在を全く認めずに排斥《はいせき》する者も存在したと聞く。

知水と二人で頷くと、笙然和尚は、そうそう、と、膝《ひざ》を叩いた。

「丁度良い、と言うと失礼になるかもしれませんが、お二人が蘆野原の方なら見ていただきたいものがあります」

「見てほしいもの？」

「檀家から預かったものなのですが、あなた方の言うところの〈事〉になるのでしょうかな。そういうものです」

「〈事〉ですか」

よろしいでしょうかと言うので、もちろんです、と頷いた。〈事〉を為すのが蘆野原の人間の宿業《しゅくごう》だ。

笙然和尚がすい、と立ち上がり奥に向かって声を上げた。

「美波。あれを持ってきてくれないか」

みなみ、というのがあの娘の名前か。ややあって、呼ばれたみなみさんがまだ真っ白い桐の細長い箱を持ってきた。それを受け取った和尚が僕らの前に置いた。

「箱は、意味がありません。大きさが丁度良いので使っただけです」

だと思う。曰《いわ》くあり気な物が入っていたものにしては新し過ぎる。

「よろしいですかな」

「どうぞ」

和尚が蓋《ふた》を開けると、そこにあったのは、棒だった。

「棒、ですか」

「棒、ですな」

「手に取っていいものですか？」

「おそらく、問題はないかと」

失礼、と言ってそれを手にして箱から出した。漆塗《うるしぬ》りだろうか。太さはちょうど掌《てのひら》に収まるぐらい。長さも大人の掌を広げた程の長さ。先端が少しへこんでいる。何の用途に使われるものなのかまったく判らない大きさの、木の棒。あるいは漢方薬の調合などに使うすりこ木のようなものだろうか。

「判るか」

〈事〉の見立ては美津濃家のものだ。知水に渡すと、一度くるりと掌の上で回して見せた。器用な男だ。

「判るよ。和尚さん」

「はいはい」

「これが、夜中に震えるように鳴くっていう話じゃないですか？　木の棒を思いっきり振るようにブーンブンと」

笙然和尚が驚いたように、眼を少し大きくさせた。

「その通りでございますな」

そういう話か。

「それなら、〈逆豆忌〉ですね」

「さかずき？　ですか」

笙然和尚が首を傾《かし》げた。

「酒を飲む盃《さかずき》という意味合いではないです。説明するのは難しいので、ちょっとお見せしましょうか」

「見せるとは」

「それこそ、お酒があると判り易いです。濁《にご》りのない清酒を少し大きめの小鉢、どんぶりでもいいですから、この棒が浮かぶ程度のものに入れて持ってきてもらえますか」

〈逆豆忌〉が食べ物の色を変える。また呼ばれたみなみさんがお盆に載《の》せて持ってきたどんぶりには酒がもう注がれていたので、そこに棒を浮かべた。

「見ててください。ほんの一瞬です」

何事なのかとみなみさんもそこに座って一緒に、四人でどんぶりを見つめた。

ゆらゆらと動いていた木の棒がさらに微妙な動きを見せたかと思うと、ぶん、と鳴り、濁りのない清酒が一瞬で淡《あわ》い山吹《やまぶき》色に変わった。

「これは」

笙然和尚が、驚いた声を出す。みなみさんも口に手を当て、眼を丸くした。

「毒です」

「毒、となʔ」

「〈逆豆忌〉は酒に限らず、触れて口に入るもの、つまり食べるもの全てに毒を与えます」

「なんと」

普通は塗《ぬ》り箸《ばし》などがなってしまう。あるいは木の椀《わん》とか。この何に使うかわからない棒というのは初めてのものだ。

「でもね、そんなに怖がるものじゃあないんですよ」

知水がにっこり笑ってみなさんに向かって言う。

「このお酒も、一晩置いて色がまたなくなったらそのまま畑に使うといいです。葉に付く虫なんかを退治してくれるから」

その通り。昔からある木酢《もくさく》みたいなものだ。そう言うと笙然和尚も深く頷いた。

「確かに、これを嘗《な》めた幼子が急に吐き出したとの話もありました」

「そうですね。極端に強い毒ではないですけど、弱い毒も積もり積もれば人の命さえ奪い兼ねない。これはもう為していいものですか？」

「お願いできれば」

〈逆豆忌〉に道具はいらない。そのまま床に置いてそこに手をかざすようにして、印を結び印を切る。

「忌《き》よ焚《た》け清長《きよたけ》け気よ威《た》け蒸すばぬ結ばむたかるからないに空空《からから》とはずませはぜませ」

三度唱え、また印を結び印を切る。

抜けた感じはした。

「どうだ？」

見ていた知水に訊くと、頷いた。

「大丈夫。抜けたよ」

「抜けましたな。何かが」

和尚が言った。

「見えましたか」

訊くと、和尚と一緒にみなみさんも頷いた。

「みなみさんにも見えたんですか？」

こくり、と、丸い眼で僕を見ながら頷いた。

少し驚いたように知水が訊くと、みなみさんは困ったような顔をして和尚の方を見る。

「実は、この子は声が出ません」

声が出ない。

「それは後でご説明しますが、拙僧《せっそう》には何か湯気のようなものがその棒から浮かび上がったように見えましたが」

「あぁ、それでいいです」

知水が言う。仏門の人なら、それぐらいは見えるって話だ。自分に見えないものが見えるというのはどこか悔しいのだけど。

「みなみさんもそうでしたか？」

訊くと、少し首を傾げてから、二度首を横に振った。

「違うものが見えたと？」

また、こくり、と頷いた。

みなみさんは、美波さんだと聞いた。

一体何が見えたのか筆談《ひつだん》でいいから聞かせてほしいと言うと、場所を移してお話しさせていただきたいと笙然和尚が言い、隣の庫裏まで案内された。寒々とした本堂と違ってこちらには生活感が漂っている。そうは言ってもどうやら和尚と美波さんの二人暮らしと見えて、慎《つつ》ましやかな感じだ。

居間と思われる八畳ほどの部屋には小振りの座卓があり、また美波さんが新しくお茶を淹《い》れてくれた。

「確かに蘆野原の方々の御業《みわざ》。感服《かんぷく》しました。失礼をお赦《ゆる》しください」

「いえいえ」

そこでようやく仁科《にしな》家の話ができた。

突然仁科家に現れて、猫が持ってきた匂紙を置いて去ったという笙然なる托鉢僧。

「それは、あなたのことでしょうか？」

笙然和尚はゆっくりと頷いた。

「いかにも、その通りです」

思わず知水と顔を見合わせてしまった。

「それは、一体どういうことなんでしょうか。色々とお話を伺《うかが》いたくてここまで来たのです。猫があの紙を持ってきたというのはどのような状況でのことですか」

和尚は、一度息を吐《は》き、ゆっくりと頷いた。

「順を追ってお話ししましょう」

まず、自分はただの僧であり、先ほども言った通り蘆野原の郷とは何の縁もないと和尚は言った。郷の人間に出会ったのも今日が初めてだと。

「一週間ばかりも前のことです」

ある夜に、ひたひたと何かが庫裏の周りを徘徊《はいかい》しているような気配《けはい》を感じたという。それは物《もの》の怪《け》とかの類《たぐ》いではなく、明らかに何かの動物の気配。

「ご覧のように、ここら辺りには夜中にうろうろする小さな獣は多くいます」

狐に狸、ときには猪《いのしし》。熊は見たことはないが鹿もいるようだと和尚は続けた。

もちろん、野良犬に野良猫もいるだろう。

「そういう獣が寺の床下に眠りに来たり、供え物を狙ってくるのは日常茶飯事《にちじょうさはんじ》のことでしてな。大して気にもしてなかったのですが、どうも尋常《じんじょう》ではないほど長い間うろついている感じがございましてな」

気になって玄関まで行き、扉を開けるとそこに猫がいた。

「猫、ですか」

猫です、と、和尚が頷いた。

「白い猫でした？」

知水が訊くと、いいえ、と首を横に振った。

「焦茶色《こげちゃいろ》の、縞模様《しまもよう》の猫でしたな。それが大層毛並みの美しい猫で、明らかにそこらの野良猫ではないと感じました」

しかし、そこにいたはずの焦茶色の猫はちょっとした間に姿を消した。和尚が辺りを見回して、改めて猫に眼をやると、もういなかったと言う。

「さて、どこへ行ったかさては部屋に上がり込んだかと振り返って家の中を見ると、玄関の上がり口に何かが落ちていたのです。それが」

「あの匂紙だったのですか」

「左様です。知らぬ住所が書いてあり、知らぬ人の名前も書いてある。そしてまるで猫が咥《くわ》えてきたかのような跡もついていました。これは面妖《めんよう》な、一体何事が起きているのかと思い、頭を巡らせると、今度は、玄関先に美波が立っていたのです」

「え?」

「そこに?」

知水と二人で同時にそんなふうに言ってしまった。それはまるで予想外の展開だった。思わず美波さんを見つめてしまった。

「和尚、おかしなことを訊きますが、それはまさか猫が美波さんになってしまったかのような具合だったのですか?」

筥然和尚が、なんとも言えない表情を見せた。

「まさか、とは思いますが、その時には拙僧もそう感じました」

どこのどなたかと問うても美波さんはただ困った顔をしたそうだ。ようやく声が出ないのだと気づき、夜中だったこともあって家に上がらせた。紙と筆を用意して筆談しようとしても、ただ困った顔をするだけ。

困ったのは和尚だった。

「されば、何はともあれ一晩休ませて、また明るくなってから話をしようと思いましてな。空いた部屋に泊めて、さてどうなったかと思えば、部屋に猫がいました」

「同じ猫ですか」

「左様」

そこからの話も予想はついた。一体これは何かと呆然《ぼうぜん》とする笙然和尚さんは、その猫が紙を咥えているのに気づいた。

そこに、書かれていたのだ。

自分が何をするべきなのかが。仁科家に行くことと、やがて訪れるであろう蘆野原の郷の者を待つこと。それまで、猫を守ることが。

「その紙は」

「消えてしまいました」

笙然和尚が言う。

「不思議な紙でしたな。和紙のようで、和紙でない。何で作られているのか判然としないような」

その通りだ。匂紙は蘆野原でしか作られない紙だ。

美波さんを見た。

その瞳にはもちろん知性の輝きがある。

和尚さんが言うには、こちらの言うことは何もかも判っている。自分のことは自分でするし、礼儀作法も心得ている。掃除や料理などもきちんとこなす。日常生活においてはまったく不自由はなく、普通の少女。

しかし、喋《しゃべ》らない。話せないのか、話したくないのかは判然としないが態度からして話せないのだと思っている。そして、字で書けと言ってもただ困り顔をするだけで書こうとしない。たとえばどこから来たと問うと、西の方を指差す。字が書けないのかと訊けば、困った顔をする。行くところがあるのかと訊けば、首を横に振る。

「これはもう、紙に書いてあった通り、蘆野原の方々がやってくるのをただ待つしかないと」

ただ、そのとき以来、猫になった様子はない。ずっとこの少女の姿で、寺の雑事を引き受けてくれている。

笙然和尚は大きく息を吐いた。

「すると、和尚。〈美波〉という名前は？　美波さんは何も言わず、そして何も書いていないのですよね？」

「左様。しかし、名前がなくては呼びようもない。せめて名前だけは何とかならぬのか、と訊くと、指差すのです」

「ひょっとして、南をですか？」

南を、ただ指差す。それが名前で良いのかと訊くと頷く。

「しかしそのまま〈南〉では女の子にしてはさすがに何かと思い、〈美波〉と書いてこれで良いかと見せると、大きく頷きました」

名前はあったのか。それが自分の名前なんだ。

「ひょっとして、これさえもあなた方の言う〈事〉なのですかな？」

知水と顔を見合わせた。

「残念ながら、人が猫になるような〈事〉はありません。けれども、人が猫になってしまうような件には心当たりがあります」

まさか、僕の母がそうですとは言えないので、そうしておく。それが何を示すのかはまだ判らないけれども、この美波さんを連れ帰るしかないんだろう。

＊

一緒に行きましょう、と、言うと素直に美波さんは嬉《うれ》しそうに頷いた。そして、これまでありがとうございました、という様に笙然和尚に深々と頭を下げた。

家に戻って事情を説明すると、百代《ももよ》さんはちょっと驚いていたけれども、娘ができたみたいで嬉しいと喜んでいた。

上楽《かみらく》先生も、ただ成程、と頷くしかなかった。そういうことなら、そうなんでしょう、と。そもそも母さんが猫になることや、突然のように姉さんが猫の姿でこの家に来たことも、それが何を指し示しているのかは誰も判らないので、ただ受け入れるしかなかったんだ。

「慌てず騒がず、ゆっくりと、一緒に暮らしていきましょう」

先生がそう言って美波さんの手を取ると、美波さんも嬉しそうに微笑んでいた。

「ところで訊くのを忘れてたけど、美波ちゃんは何歳なの？　判る？」

「美波ちゃんって呼ぶのか」

「だって、年下っぽいでしょうどう見ても」

彼女は大きく頷きながら、まず両の手を広げて見せた。それから、右手を広げ、左手の人差し指を立てて右手に当てた。

「十六？」

こくん、と頷く。

「やっぱり美波ちゃんだね。取り敢《あ》えず世間的には美津濃美波でいいんじゃないかな？」

知水が言う。

「美津濃家にするのか？」

「いいんじゃないかしら？」

先生も頷いた。

「響きがいいし、語呂もいいわ」

美津濃美波。

うん、確かに据わりはいいと思う。

陸 Episode 6

陸 Episode 6

針句 ―しんく―

佐々木《ささき》教授は、きょとん、とした眼で僕たちを見た。

「一人増えたね」

はい、と、頷《うなず》いた。

大学の佐々木教授の研究室だ。

研究室とは言っても概《おおむ》ねアトリエと言って間違いはない。そこにモデルとして通うようになってからしばらく経《た》つ。一向に絵が完成しないのだけど、佐々木教授に言わせるとモデルになっている間は研究費から報酬《ほうしゅう》が支払われるのだから、その方が暮らしのたずきとしていいのではないかと。

確かにその通りだ、と、知水《ともみ》と二人で頷いてずっと続けている。週に三日ぐらいは君崎《きみさき》教授の部屋に通い、週に一回ぐらいはこっちに顔を出している。どちらも所用があれば休んだり抜けたりしてもいい気楽な身分だ。

こんな時代に高等遊民を気取っているわけでもないのだが、雨露をしのぐ家はあるし三度三度の飯に多少苦労することはあっても確かに時間は自由になる。

そういうのも、長筋《おさすじ》としての僕の器量だと上楽《かみらく》先生は言う。蘆野原《あしのはら》の長筋とはそういうものでなくてはならないのだと。その辺はよくはわからないけれど、一応納得はできる。身体《からだ》の自由が利《き》くならば、あちこちに出かけることはできる。

〈事〉を為しに行くことも簡単にできる。

「知水くんの？」

「そうなんです」

美波《みなみ》ちゃんを、知水の許嫁《いいなずけ》、いやもうほとんど嫁同然だとして紹介することにした。

佐々木教授に紹介するために連れて来る前に、我が家で美波ちゃんを引き取ったときにどういう関係にするかを皆で考えた。いくらまだ戦争の傷が癒えない今でも、生き別れの妹が見つかった、というのはいくらなんでもご近所に不審がられる。親戚筋の子だとするのが一番無難かと思ったが、もしも美波ちゃんが猫になってしまうのなら、いきなり家に居なくなる理由をあれこれ考えるのはかなり面倒臭い話になる。

　そうすると、許嫁だとするのがちょうどいいのではないかという話になった。二、三日や一週間ほど姿が見えなくなったとしてもちょっと実家に帰ってると言える。もしも、突然いなくなってしまったとしても、事情があって逃げられたとなれば、あぁなるほど、と誰も気の毒がって詮索《せんさく》しないでくれるだろう。

　何よりも、美波ちゃんが知水に懐《なつ》いてしまったのだ。

　いや、文字通りに、本当に懐いている。

　家の中のどこにいても知水の傍《そば》にいようとする。さすがに便所までは行こうとはしないが知水が便所から出てくるまでそれが判るところで待っている。風呂も一緒に入ろうとするのだが、さすがに身体が弱くとも一応健全な男子である知水が、それはもう少し待ってくれと押しとどめている。

　その様子はまさに新婚さんだ。

「なるほどねぇ」

佐々木教授は白いブラウスに紺色のスカートを身につけ、どこかしら清楚《せいそ》な雰囲気を醸《かも》し出すことになった美波ちゃんをしげしげと眺めて頷く。

「やっぱり、そういう男にはそういう女の子がつくもんなんだねぇ」

「どういう意味ですか?」

「似合うよ」

「似合いますか」

うん、と、真っ白でキノコの笠のような形の髪の毛を揺らせて笑顔を見せた。

「運命の人と言ってもいいぐらい、似合っているんじゃないかなぁ。影が重なっているよ」

「影が重なっているとは、どういう意味合いでしょうか」

訊《き》くと、うーん、と佐々木教授は唸《うな》る。

「どう言えばいいかなぁ。とにかく二人の影は重なっているんだよ。たぶん同じ世界の同じ太陽に照らされているんだろうね。それは、和野《かずの》くんもそうなんだけどさ。やっぱり蘆野原の人なの?」

「いえ、彼女は東京の子です」

　判らないけど一応否定しておく。

「そうか違うのか。じゃあ彼女自身の資質なんだろうなぁ。いいなぁ、これはこれで、美津濃《みずの》くんと美波さんの二人の立ち姿も描きたいなぁ描きたいなぁ」

　いいなぁいいなぁ、と、佐々木教授は興奮する。

　この変わり者の美術家でもある佐々木教授を、僕も知水も気に入っていた。審美眼《しんびがん》、と言えばいいのか、この人の物を見る眼が、感じ方がとても面白いのだ。知水は美津濃家の血筋で〈事〉を見分けるが、それと似たようなものをこの佐々木教授にも感じると言う。

　何かに突出した人間というのはそういうものなのかもしれない、と思う。

　それで、佐々木教授がどう感じるかと思って、美波ちゃんを大学まで連れて来たのだ。

「描こう！」

　ポン！　と、佐々木教授が手を叩《たた》いた。

「描きたい。いいよね？　これでまたしばらく君たちのことを描いていられる大《たい》義名分《ぎめいぶん》ができた。うん、描こう！」

一応研究なのだから申請《しんせい》は必要らしいが、すんなり通るはずだと。これで、二人分の報酬から三人分の報酬になる。

美波ちゃんの飯代を多少なりとも稼《かせ》げることになったのだが、実はそこを狙っていた部分もある。知水が言い出したのだ。何も稼いでいない自分を棚に上げておいての話だけど、上手《うま》くすれば何とかなるのではないかと。

「あ、そういえばね」

佐々木教授が思い出したように言う。

「君たち二人が蘆野原の郷の人間であることは、秘密でもなんでもないんだよね？」

「もちろんです」

わざわざ触れて回ることでもないが、隠す必要もない。

「この間ね、僕の親友の家で飯を食っていたときにその話になってね」

「その話とは」

「蘆野原の郷の人の話さ。ほら、厄払《やくばら》いとかそんな話になってさ。いやどうもそこでちょっと問題があってね。そうしたら、そこの奥さんがぜひお二人に頼んでみてくれないかって言うんだよ」

「何をですか?」

「だから、厄払いみたいなもの」

正確には違うのだが、頷いておく。世間の認識はそんなようなものなのだ。

「お礼はするから、ぜひ家に来てほしいって。見てもらいたいものがあるって話なんだ。きっと、その、何て言ったっけ? 厄払いじゃなくて〈事〉だっけ? それみたいなものがあるんじゃないかなぁ」

そういうことなら、断る理由はない。特にお礼はいらないのだけど、頂けるものなら頂いておく。

「この後にすぐ行ける? ここから歩いてすぐなんだ。電話も繋《つな》がるから電話しておくけど」

田野島《たのじま》さんというそのお宅は本当に大学の敷地を出てすぐにあった。医学部研究棟の脇を抜けて東門を出て、よつばい坂を少し下ったところだ。わりとよく通る道筋なのだが、そこにそんな家があるとはまったく気づかなかった。道路脇は小さな崖《がけ》になっているところなので、鬱蒼《うっそう》としたただの雑木林なんだと思っていた。ところが小道が続きその奥に西洋館があったのだ。

「瀟洒《しょうしゃ》な邸宅だね」

「文字通りだな」

美波ちゃんも、こくん、と頷き嬉《うれ》しそうな表情を見せる。話せないせいなのか元々そうなのか、美波ちゃんは表情が豊かだ。喜怒哀楽《きどあいらく》を思いっきり表情で表現する。きっと今は、こんな綺麗《きれい》なお宅に入れて嬉しいと言いたいのだろう。

「お待たせして申し訳ありません」

田野島夫人である正美《まさみ》さんは、訪問した僕たちを応接室に残し、お手伝いの人に紅茶とクッキーを運ばせ、自分は少し準備をするからと下がっていき、そして、現れた。

白絹に白麻布の着物。そして同じく白絹白綸子《りんず》の帯を締めて。少し俯《うつむ》き加減で。

「この様な出で立ちをいきなりお見せしまして申し訳ありません」

「いいえ」

見事なものだと思った。相当にいい品物なのだと男の僕でも思う。

ただ、知水が思いっきり顔を顰《しか》めていた。

そして美波ちゃんは、拳《こぶし》を握りしめ、目付き鋭く唇を引き締め、身体を緊張させている。まるで警戒している猫の様に。

正美さんも、顔色が悪いようにも見える。

「知水。判るか」

知水が頷いた。

「〈針句〉だね」

〈針句〉か。

それはまたとんでもないものを。

「しんく、とは何でしょうか」

正美さんが声を絞り出すようにして言う。

「説明はできませんが、まずはそれをお脱ぎください」

〈針句〉ならば着ているのも辛《つら》いはず。これだけ知水が嫌そうにしているのだから、その大きさもかなりのものなんだろう。

「では、失礼して」

「あ、必ずそれは脱いだまま持ってきてくださいね。きれいに畳《たた》んだりしないでいいです。それから、あなたは洋服を着て戻ってきてください。和服は着ないように。特に白い色が入っているものは」

知水が言うと、正美さんは青い顔をしたまま頷き、そそくさと扉から出ていった。

「かなりのものか？」

訊くと、息を吐いた。

「相当だった。きっとあと二分もここにあったら僕は倒れてたね」

「そんなにか」

知水の隣に座っていた美波ちゃんも、身体の力が抜けていた。見ると、額に汗を浮かべてもいる。

「美波ちゃん」

はい、というふうに僕を見る。

「何か見えた？　大きなものが」

訊いたら、嫌そうな顔をして大きく頷いた。頷きながらまるで子供のように両手の平を広げて、それをぐるりと大きく肩ごと回した。こーんなにも大きいの！と、子供が言うみたいに。

「あれは、喪服だよね？」

知水が言う。

「たぶんな。向こうの方では昔は皆白装束《しょうぞく》だったって言うからな」

そうらしい。今では葬式といえば皆が黒紋付《もんつき》を着るが、その昔は白装束で揃えていた。黒になっていったのは明治の頃からだし、男が黒い背広を着るようになったのもつい最近だ。

「で、何が見えたんだ」

「鵺《ぬえ》かな」

「鵺？」

それは、古来より伝わる物の怪《もの　け》のことだけど。

「そうとしか言えないような、奇怪な、いろんな動物が合わさったようなもの。何をどうしたらあんなふうになるのかなぁ」

見えなくて良かったと思う。

「じゃあ、持って帰らなきゃならないな」

「そうした方がいいと思う。先生も最近は調子が良いし、手伝ってもらった方がいいかもね」

そうしよう。

＊

〈針句〉を為すには昼間ではなく夕刻の方がいい。それも、空が橙《だいだい》と紺に交わるような境目《さかいめ》の刻限。そうでなくてはならないというわけでもないけど、その方がこっちが楽に為せるのだ。

式造りの庭の式石の上に竹籠《たけかご》を置く。できれば蘆野原の竹を採ってきてそれで編《あ》んだ籠の方がいいのだけど、そうもいかない。荒物屋で買ってきた竹籠を知水が井戸から汲《く》んだ水に浸《ひた》して代用する。

その中に、白絹白麻布の着物と、白綸子の帯を放り込む。多少傷《いた》んで汚れてしまうけれどしょうがない。その辺は勘弁してもらうと伝えると、もうそれはいらないから処分してくださいと言われてしまった。

「しょうがないでしょうね」

上楽先生が苦笑する。

「それにしても、鵺が見えるなんてね。余程の恨み辛み嫉《ねた》みがそのお宅に長い時間残っていたんでしょうね」

「だと思うよ。ものすごい大きかったもん。部屋の中を埋め尽くすぐらいに」

「そんなにか」

感じることができなくて良かったと思う。上楽先生も、少し息を吐《つ》いて頷いた。

「きっと、その田野島家では最近大きなお葬式があったのでしょうね。当主かそれに近い方が亡くなるような。それで何もかもが一気に噴き出してきたんじゃないかしら。良かったわよ、〈災厄〉が降り掛かる前で」

「大きな〈災厄〉になっただろうなぁ。下手《へた》したらあの辺一帯火事にでもなったかもよ。せっかく戦争でも焼けなかった家なのにね」

「本当にこれは良いものよ。私も初めて見るぐらいに」

「でしょうね」

「終わったら、何かに仕立て直しましょうか。それとも売ればそれなりのお金になるでしょうよ」

その辺は後から考えよう。

「美波ちゃん」

先生に呼ばれて、縁側に座って見ていた美波ちゃんが、立ち上がった。

「そこで見ていては余計に降られてしまうかもしれないわ。知水ちゃんの腰に手を回してくっついていなさい」

こくん、と、頷いて美波ちゃんが庭に下りてきて、知水に文字通りくっついた。

「いいわよ正也《まさや》ちゃん」

「はい」

上楽先生と眼を見合わせて、呼吸を合わせる。二人の呼吸が完全に合ったのを見計《みはか》らって、ゆっくりと交わし運びで足を動かしながら、両手に持っていた塩を竹籠の周りに撒《ま》いていく。塩を撒くのに合わせるようにして、知水と先生が音無し手打ちをして、拍を取って行く。

塩を撒き終わったところで、足を止めて、竹籠に向かう。

「縁亡き円在《あ》りよしまにいしまにあいするところのかわらにあいせよ。寄る辺の夜琶のあさまにしまにきするところのみどりのはらにみずのいとばみにもうしてもうせばあいたがみのそらにきしませきしませきしませ」

先生と寸分の間もなく声を合わせて声明《しょうみょう》を唱《とな》える。一呼吸置いて、眼を見合わせ、それを三度繰り返す。

最後に、知水が水を手の平で汲んできて、三度振り撒く。

為した感覚があった。

普段はまるで感じないが、ここまで大きいものなら長筋である僕にも何かを与えるんだろう。全身が軽く痺《しび》れるような感覚だ。

上楽先生が、ほぅ、と息を吐き、知水が肩の力を抜いた。やはり、この二人に緊張させる程の〈事〉だったんだ。

美波ちゃんも、知水の腰に回していた手をゆっくりと離して、溜息を吐いた。

「大丈夫ですよね」

先生に訊くと、頷いた。

「当面はね」

「当面ですか」

そうね、と、もう紺色になっている空のどこかを見た。

「あれだけ大きくなってしまうと、たとえ為したとしてもどこかに気配は残って漂《ただよ》ってしまうもの。その漂ってしまったものを引き寄せる何かが、どこかにあったのなら、また戻ってしまうかもね」

「そうかもね。まだ色が付いていた」

「そうか」

色が付いていたのか。それはもうしょうがない。どこかに現れたのなら、〈事〉に当たってしまった人が、その誰かが蘆野原のことを思い出してくれるのを祈るだけだ。

陸
Episode 6

奉尽

――ほうじん――

美波ちゃんは、どこでも眠ってしまう。

ふと気づくと、もうそこらで倒れて寝ているんだ。

本当に猫のように。

今日も皆で朝ご飯を食べた後に、片づけをして掃除をして、と、百代《ももよ》さんと一緒に家事をやっていたと思ったら、いつの間にか上楽先生の部屋で寝転がっていた。先生の寝床の足元を枕にするように。

今日は大学にも行かない。そのまま適当に寝かせておくことにした。夏の暑さもようやく一息ついて、今日は吹く風が心地よく感じるぐらいだ。先生も身体の調子が良いらしく、縁側の籐椅子に座りのんびりとしていた。

上楽先生は文字通り先生だ。お茶だの花だの、ピアノから裁縫までほとんど何でも師範のように人に教えられる。

それと同時に〈事〉を為すことだって僕たちの、父の師でもあった。そして、猫になってしまう母や姉さんとずっと一緒に過ごしてきた。

閉じられて、綴じられてしまった蘆野原の、古老だ。今現在、居所が判っている唯一《ゆいいつ》の。その上楽先生が、寝ている美波ちゃんのことを微笑みながら見つめて、彼女は道標《みちしるべ》ではないかと言った。

「道標、ですか？」

「そう。道標」

「何の道標ですか」

知水が訊くと、少し首を傾《かし》げた。

「それがはっきり判ればいいのだけれど、今は蘆野原の郷の端境《はざかい》を開いてくれるものではないか、その道標ではないのか、と希望しているだけね」

美波ちゃんを引き取ってひと月が過ぎている。

未《いま》だ美波ちゃんは喋《しゃべ》れない。喋らない。意思の疎通《そつう》はできるけれど、文字を書けない。あるいは書かない。何でも読めるのだから書けるはずなんだけど、書かそうとして筆や鉛筆などを持たせようとしても、困った顔をして手を隠したり握ったりしてもじもじしてしまう。書けないのかと訊いても、はっきりしない表情を見せてただ困っている。

「それも、道標故《ゆえ》かなとも考えられるわ」

「どういう意味ですか？」

「道標は、文字通り道を示すもの。私たちがその意味で道の上に立たなければ、何も教えてくれないし、教えられない。だから、何も書こうとしない」

成程《なるほど》、と、知水と二人で頷いた。

「じゃあ、もしかしたら京都に連れて行けば。あの山に入っていけば」

知水が言うと、先生も頷いた。

「有り得るわね。でも、そんな簡単なことなら彼女はそれを示すと思うわ。そうしないのは、道標を、道標たらしめる他の何かが必要だと思うの」

道標たらしめるもの。

「それが、姉さんですか」

訊くと、先生が頷いた。

「そうなのかも知れないし、あるいは多美《たみ》ちゃんの居場所に辿《たど》り着く何かを示すもの。それを待っているか、持っている。そんな気がするわ。多美ちゃんが黙って消えてしまうなんていうのは、絶対に有り得ないこと。だとしたら、それは〈事〉なのではないかと考えたの」

「〈事〉」

姉さんがいなくなるような、〈事〉。

知水が下を向いて考え込んだ。

「そんな〈事〉がある？」

先生が頷いた。

「考えられるのは〈奉尽〉ね」

ぽん、と、知水が手を叩く。

「〈奉尽〉か」

〈奉尽〉は確かにその人を遠くに連れ去る。

ただそれは、その人が身の内に、心に何か問題を抱《かか》えている場合に限る。悩み抜いた末での失踪みたいに見えてしまう。だから、目立たない。実際、この国の失踪者の中の何割かは〈奉尽〉の所為《せい》だと僕らは考えている。〈奉尽〉なら、為せばその人は戻ってくる。自分のいるべき場所に帰ってくる。でもその人がここにいないことには為しようもない。

ただ、姉さんがそんな問題を抱《かか》えていたとは思えない。

「あくまでもそれは可能性の話ね」

先生が言う。

「何か別の理由が、私たちの〈理《ことわり》〉の中にはないもので、多美ちゃんはいなくなったのかもしれない。あるいは、もっと俗悪的な事件があったのかもしれない」

「勾引《かどわ》かし」

「そうね」

その可能性も考えた。

どんな理由かは判らないけれど、若い女性がある日突然消えてしまったという話はたまに聞いた。どこかに売られただの、船に乗せられて海外に連れて行かれただの、というまことしやかに話す声もあった。

実際、終戦を迎えてからある日突然いなくなってしまう人が増えたという。張り詰めた気持ちのどこかに穴が開き、あるいは何もかも失ったと思い込み、どこかへ行ってしまったのかもしれない。

溜息《ためいき》が出る。

何度も何度も考えたのだ。どうやって姉さんを捜せばいいものかを。

「正也ちゃん」

先生が呼ぶその声に何かの色があった。

僕を見ていなかったのでその視線の先を追うと、猫がいた。

姉さんじゃない。白い猫じゃない。

焦茶色《こげちゃいろ》の、縞模様の猫。

大層毛並みの美しい猫。

その猫が、さっきまで美波ちゃんが寝ていたところに、寝ている。

母さんや姉さんもそうだった。父さんもずっと不思議がっていた。猫になってしまったときに、そのときに着ていた服は一体どこへ行ってしまうのか、と。猫から人間の姿に戻ったときにはその服を着ているんだ。時には一週間も二週間も猫の姿のままでいることもあったから、洗濯もしなかったその服は相当汚れているんじゃないかと考えたのだけど、そんなこともなかったらしい。

この世の〈理〉を知る僕たちにも知らないことは、判らないものはたくさんある。だからこの世はおもしろくもあり、怖くもある。それ故に〈理〉を知らない蘆野原の郷の人じゃない人間は神や仏を求めるのだろう。

美波ちゃんの服も、なかった。そのまま猫の姿になってしまったらしい。

「美波」

知水がそっと近づいて呼ぶと、ひゅるん、と耳が動いて、はっ、といった感じで頭をもたげて知水を見た。

にゃあん、と、鳴いた。

大層美しい猫なんだけど、その声はまるで子猫みたいに可愛らしいものだった。

あぁいけない寝てしまったわ、とでも言いたげな様子で美波ちゃんはしゅるりと立ち上がり、背中を丸めてから伸ばした。そして、近くにいた知水に擦《す》り寄っていった。

「猫になってもやっぱり知水ちゃんがいいのね」

上楽先生がそう言って微笑んだ。

「美波ちゃん。おいで」

手を伸ばして呼んでみたら、ひょい、とこっちを向いて、とっとっと、と近寄ってきて指先の匂いを嗅《か》いでから、そこにゆっくり座り込んだ。

何かご用ですか、とでも言いたげに。

「美波ちゃんが猫になってしまったということはさ」

知水がそこに胡坐《あぐら》をかいて座り込んで言う。

「何か、猫を必要とする〈事〉が起こるんだろうか。優美子《ゆみこ》おばさんや多美さんはそうだったでしょ？」

「そうだな」

そもそも猫がいないと為しえない〈事〉などはないのだけど、猫になってしまった母さんや姉さんがいることによって、為すのに随分《ずいぶん》と助かった〈事〉があったことは聞かされている。

「以前にも」

先生が静かに言った。

「和弥《かずや》ちゃんや泉水《いずみ》ちゃんとも話したことですけどね」

父さんたち。

「私たちは〈理〉を知れども、予知はできないの。それは誰にもわからない。いつどこで〈事〉が起こるかなんて知り得ない。そうよね」

「そうですね」

その通りだ。

「でも、優美子ちゃんや多美ちゃんは、〈事〉が起こる前に猫になっていたわ。それはつまり予知よね。本人がそれを知っていたかどうかはわからないけれど」

知水と二人で頷いた。いつの間にか美波ちゃんは知水の膝の上に乗っかって、丸くなっていた。猫は寝子だから猫と名づけられたという話があるけど、案外そうかもしれないと思うほど、寝ている。もっとも犬もそうだし、野生の生き物は何もなければ寝ているのがほとんどだと言うが。

「確かにそうですね」

「動物って、そういうものがあると昔から言われるわ。鼠《ねずみ》が消えると船が沈むとか、地震の前には鳥が騒ぐとか」

「火事の前には犬が鳴くとかもあったね」

知水が言うけど。

「そんなのあったか？」

「なかったっけ？　あれ？　親父がよく言ってたんだけど」

そうなのか。そんなのがあったのかな。

「ひょっとしたら、多美ちゃんはそれで消えたのかもとも考えたことがあったわ」

先生が言う。

「それで、とは？」

「予知、ね。動物的な予知。〈事〉が起こるのではなく何かが起こるから自分がしばらく消える必要があったのかと。そもそもね、これはたぶん初めて聞く話でしょうけど、優美子さんもそうだったのよ」

「母さんが、何ですか？」

「優美子ちゃんは和弥ちゃんの恩師の娘さんだったのだけど、実の娘ではなかったみたいね。多美ちゃんのように突然現れた猫だったみたい」

「そうなんですか？」

　それは確かに初めて聞いた。

「恩師の方は、和弥ちゃんがそれを確かめる前に亡くなられてしまったから、どうしようもなかったのだけど、優美子ちゃんにはかすかに記憶があったらしいわ。自分は小さい頃にその家に貰われて来た子なんだと」

「猫としてですか？」

「本人はそう思っていなかったけれど、多分。正確には、親猫が連れてきた子猫。その親猫は最後の力を振り絞って自分の子供を恩師の方に託したらしいの。これは、恩師の親友の方が覚えていたのよ。その猫が来た頃に、優美子ちゃんを養女にしたと」

　そうだったのか。

　そもそも父さんは母さんが猫になってしまうなんて知らずに結婚したと言って

いた。その恩師の人には変わった娘なんだと言われていたけれど、結婚して初めて猫になってしまったときに、そうかこれが変わった娘と言われる所以《ゆえん》だったかと納得したらしいけど。

「何かが、起こるから、消えた」

「そうね。自分の身に何かが起こるから、それが収まるまで消えているのかもしれない。それを、ひょっとしたら美波ちゃんが知らせてくれて、そうして多美ちゃんが戻ってくることを期待しているのだけど」

「そのときに、ようやく蘆野原の端境が開かれるかもしれない？」

知水が言うと、先生は頷いた。

「そう願っているわ」

端境は、両側から開かれなければならない。蘆野原の郷を閉じたときに、郷の人間は全員そこを出たはずだけど、実は美津濃家で一人だけ戻ったかもしれないと言われている人がいる。

丹水《たんすい》さん。

知水のお父さんである泉水おじさんのお兄さん。つまり、知水の伯父さん。

ぱちん、と、音がして電球が切れた。あれ、と、皆で天井を見上げた。いや、これは停電だ。

「隣も外灯も全部消えてるよ」

知水が美波ちゃんを下ろして、立ち上がって庭から外を見てそう言ったときだ。

美波ちゃんの身体が、薄ぼんやりと光っていることに気づいた。

柒

Episode 7

柒 *Episode 7*

蹊火寄

―みちびき―


　蛍の光よりかそけき光。

　薄ぼんやりとしか捉《とら》えられないこの眼がもどかしくなるような、淡《あわ》い淡い光。焦茶色《こげちゃいろ》の縞模様《しまもよう》の薄いところが融《と》けて消えるかのように光っている。

「これは」

　猫になった美波《みなみ》ちゃんが皆に注目されて何かを感じたのか、にゃん、と一声鳴いて尻尾《しっぽ》を大きく動かした。

　そういえば、美波ちゃんの尻尾は長い。普段、そこらで見かける猫の尻尾は極端に短かったり折れ曲がったりしていない限り、その長さに注目したりはしないけれど、これはかなり長い部類に入るんじゃないだろうか。

「〈蹊火寄〉じゃないかしら、知水《ともみ》ちゃん」

上楽《かみらく》先生がそう言った。

〈蹊火寄〉か。

「確かにそうですね」

頷《うなず》きながら、知水が言う。

それなら。

「この場合は、唱《とな》えずに、為《な》さずに放っておいていいですよね？」

先生に言うと、こくり、と頷いた。

「丁度《ちょうど》良い機会だわ。とくと観察させて貰《もら》いましょう」

そう言って先生は、音もなく静かに膝《ひざ》を折って畳に腰を下ろした。

その様子を美波ちゃんは眼を丸くさせて見ている。何でそんなに私を見るんですか、とでも言いたげに。

〈蹊火寄〉は〈災厄〉ではあるが、直接人に害を為すものでもない。身体《からだ》が、あるいは身体のどこか一部分が光るだけで、その光は身体にも他にも何の影響も及ぼさない。そして、唱えて為さなくても放っておけばいつかは消える。

ただ、いつその光が消えるかはまったく判らない。そして、身体が薄ぼんやりと光ってしまっては誰もが驚くだろう。何か未知の病《やまい》か、はたまた何かの呪いかと思い悩むだろうし、周囲にとんでもない噂も立つだろう。

そういう噂が立てば、当然のように生活に影響を及ぼす。下手したら職を失い兼ねないし、人間関係にひびが入ったりもするだろう。結果としてその人は自ら命を落とすことにもなるかもしれない。

そういう〈事〉であり、まさしく〈災厄〉だ。

だから、僕たちが為すことができる。

でも、ここにいるのは僕たちだけだから〈蹊火寄〉を為す必要もない。人体に影響がないのだから、猫にも影響はないだろう。じっくりと長い時間観察できるのも滅多《めった》にないから、そうさせてもらう。ましてや動物に〈蹊火寄〉が出るというのも僕は初めてのことだ。

〈事〉を為すためには、当然その〈事〉が何故《なぜ》起こるかの〈理《ことわり》〉を知らなければならない。料理をするときには、醤油を使うとどういう味になるかを知らなければ作れないのと同じだ。

〈蹊火寄〉は、科学の言葉で言うのなら放電現象の一種だろう。そういうような事例は世界中どこにでもあるらしいし、それほど珍しいものではない。今の科学でもある程度説明をつけることはできる。

ただ、今の学問では放電現象であるはずの〈蹊火寄〉の、裏側にある本当の原因を突き止めることはできない。そもそも人間の身体は勝手に光ったりしない。そのような構造にはなっていないのだ。そこの〈理〉を、僕たち蘆野原の郷の人間は知る。生まれながらに理解できて、為すことができる。

いつか、科学がもっと進歩して、人間の身体の中さえも開けずに見ることもできるかもしれない。全ての病の原因となるものが特定できて、人は病気から解放される時代が来るかもしれない。人の身体を知るどころか、人類はあの空の彼方《かなた》の月へ行くことができるかもしれない。限りがないと言われる宇宙の旅さえも可能になるのかもしれない。

それでも、人は決して人のまま〈あまつちのち〉へ行くことができない。己の身の内にある〈たましい〉が何であるかを理解することができない。

人はどこから来てどこへ行くのか。その問いの答えを見出《みいだ》すことはできない。僕たちでさえ〈あまつちのち〉へは、この身のまま行くことは叶《かな》わない。

にぃ、と、美波ちゃんが小さく鳴いた。

その声で、思いから解き放たれる。

ととと、と、足を動かして歩いて、美波ちゃんが何かの気配を感じたように天井を見上げた。

ひゅるん、と、耳を動かして何かの音を聞いている。

あれは。

「鼠《ねずみ》だな」

「鼠だね」

先生と知水と三人で微笑《ほほえ》んだ。猫とは、捕食をする動物とは鋭敏な感覚を持っている生き物だ。人が感知できないものを聞いて見て行動できる。

「こんなに弱そうな光なのに、ちゃんと光跡が残るんだね」

知水が言った。その通りだ。真っ暗闇じゃない。月の灯がほのかに部屋に届いているから、眼が慣れた今は微《かす》かに部屋の様子はわかる。

その中を、美波ちゃんが動くと光跡が見える。

「これ、このまま人に戻っても光ってるのかな」

「どうなんだろうな」

もしそうなったら、美波ちゃんはどう思うのか。

「そもそも美波ちゃんも猫になった記憶があるのかどうかも」

「わからないね」

母さんと姉さんはまったく記憶になかったのだけど、美波ちゃんに関しては喋《しゃべ》らないのだからそれを訊《き》けもしないかもしれない。

父さんは、母さんと姉さんに実は君たちは猫になってしまうんだよ、とはついに言わなかった。だから、死んでしまった母さんも結局自分がそうなってしまうことを知らずに逝ってしまった。

でも、本当にそうなのかな、という思いは僕の中にはずっとあった。

母さんも姉さんも、自分たちが〈事〉に際して猫になってしまうことを知っていたんじゃないか。知っていて隠していたんじゃないか。結局その問いを口には出来ずにいたんだけど。

今度、姉さんが見つかったら、帰ってきたら訊いてみようと決めている。

にゃあん、と、美波ちゃんが鳴いて、知水に駆け寄り足に飛び移り上ろうとしたので、知水が抱き上げた。

まだ、身体はほのかに光っている。その光は知水の身体も照らしている。停電はいつ直ることやら。

柒
Episode 7

間崖

——まがい——

次の日の夜になっても美波ちゃんは焦茶色の縞模様の可愛らしい猫のままだった。〈蹊火寄〉は三時間ぐらいで消えていって、今はもう光ってはいない。停電は朝になったら直っていた。

猫は水が嫌いと聞くけど、さっき美波ちゃんは風呂に入った知水の後についていった。猫の姿ならいいかと放っておいたのだけど、やっぱり濡れるのは嫌だったらしくて、出るから戸を開けろとガリガリと戸を引っかいたらしい。

母さんと姉さんのときにはそんなことは思わなかったのだけど、やはり身内ではないとなると好奇心の方が勝《まさ》ってしまうらしい。美波ちゃんはずっと知水にくっついている。ならば、猫から人になる瞬間に立ち会えるんじゃないかと知水と話して、知水の布団を書斎に持ってきていた。

今は、僕のと一緒に並べた知水の布団の上で、美波ちゃんは猫の姿のままごろんと横になっている。

「明日、どうしようか」

知水が言うので頷いた。

「そうだな」

明日は大学で、佐々木《ささき》教授のモデルになる日だ。美波ちゃんも行くことになっているのだけど。

「まぁ具合が悪くて寝ているってことで済ませばいいけど、それよりもお前が外出したらきっと美波ちゃんもついてくるよな」

「そうだよね」

まだ子猫っぽい雰囲気もある美波ちゃんは、一歳ぐらいの猫に見えると知水は言っていた。

「好奇心に負けてふらふらしていなくなってしまったらどうしようかね」

「それも心配だよなぁ」

何せ、初めて猫になった。どういう風に過ごすのか、どんな猫なのかまるで判らない。母さんも姉さんも猫になったときにはとても大人しい猫だったけれど、今のところは美波ちゃんは活発そうだ。

「そういえば、お前、猫好きだよね」

「そう、かな？」

知水がちょっと首を傾《かし》げて言った。

「まぁ犬か猫かあるいは狐か鳥か、どんな動物が好きかと訊かれれば、猫、って答えるかな」

正也《まさや》さんは？　と訊くので考えた。

「そうだなぁ」

そんなに深く考えたこともないのだけど。

「物心ついたときから、猫は母さんや姉さんがなるものだって意識があったから、どちらかと言えば、動物としての興味は犬の方に行くかな」

「あー、そうだよね」

犬も猫もその辺にいる。狸だって狐だって猪《いのしし》だって、少し歩いて里山に入って行けばいる。近頃では西洋犬を愛玩《あいがん》動物として家で飼うことが、上流の方でよくあるというけど。

「もしも家で飼うなら犬だろうな。猫は飼う気にはならないかも」

「猫は一緒に住む、って感覚だよね。何せ自分も猫になってしまうかもしれないんだから」

「そうだな」

ぱたり、と、音がしたと思ったら、美波ちゃんの長い尻尾が動いて布団を叩《たた》いていた。起きるのかと思ったら、また、ぱたり、と大きく動いて布団を叩く。どうして寝ていても尻尾が動くのだろうと思っていたら、急に、むくり、と起き上がった。

耳が、ぴん、と立っている。

縁側の方を見たと思ったら、何の予備動作もなく、すい、と歩いて縁側に出た。四つ足を踏ん張り、少し身を屈《かが》めた。長い尻尾が、ぴん、と上がる。

これは、猫の戦闘態勢ではないのか。もしくは警戒態勢。

「知水」

「うん」

何かがいるのか？　知水が立ち上がって電灯のスイッチを捻《ひね》って消した。今まで暗闇だった縁側の向こう、庭が月明かりに浮かび上がる。

二人で眼を凝《こ》らして見たけど、そこには何もいない。いつもと変わらない夜の光景が広がっている。

「何か感じるか？」

知水に訊くと、首を横に振った。

「何にも」

でも、美波ちゃんは明らかに何かに反応している。猫の背中が盛り上がってきたような気がする。今にも毛を逆立てるんじゃないかという勢いだ。

「戸を開けてみるか」

「待って」

にゃっ！　と声を出して美波ちゃんが何かに飛びかかった。右前足をパン！　とガラス戸に打ち当てる。ガラスと肉球が当たった柔《やわ》らかい音が響《ひび》いたので、爪は立てていないみたいだ。猫の足はガラスを破るぐらい強い打撃ができるかどうかは知らないけど、割れてはいない。

「遊んでいるんじゃないよな？」

「違うと思うよ」

また、にゃっ！　と声を出す。同時に今度は違うガラスを打つ。さらに打つ、また打つ。その素早さに驚いて見入ってしまった。まるでガラス戸に打ち当たる雨粒を追うようにして、どんどん前足を出している。

「わかった」

知水が言った。

「〈間崖〉だ」

「〈間崖〉か！」

襖《ふすま》が開いて、寝巻姿の上楽先生が入ってきた。

「正也ちゃん、知水ちゃん」

「先生」

気配《けはい》に気づいたのか、その手に台所で使う竹で編んだ笊《ざる》が二つあった。

「これで大丈夫かしら？」

「できます」

急いで文机《ふづくえ》の引き出しから匂紙《においがみ》を出す。

「何枚ぐらい必要でしょうか先生」

先生が眼を細めて庭の暗がりを見つめた。

「五枚もあれば充分《じゅうぶん》じゃないかしら」

「知水」

「うん」

数えると六枚あった。念のために全部使う。先生が持ってきてくれた笊を畳に置き、その上に匂紙をかざす。知水と二人で正対して座し、互いに匂紙の両端を持つ。

「ゆきくれるほうらくのまどいにしらぬいのおんざしてもうしあげゆきあけてとわにみわにかおりのたおりのおんしめしませ」

唱えて、手分けして匂紙を指で引きちぎる。笊に落とす。もうひとつの笊で蓋《ふた》をして、合わせを麻紐《あさひも》で縛る。

「いいぞ」

準備しているその間も、ずっと美波ちゃんはガラス戸を前足で打っていた。

「開けるよ、美波ちゃん」

言うと、わかったのかすぐに後ろに下がった。ガラス戸を開けて、外に出る。

式石を敷《し》いた庭の真ん中に立つ。

知水が長めに垂《た》らした麻紐を持った。先生が笊の上に手をかざす。

「供《とも》し灯《とも》れ」

唱えると、匂紙に火が灯った。

「回すよ」

知水が振り上げ、頭の上で回す。白い煙が笊から流れ出し、辺《あた》りへ漂《ただよ》って行く。

そのまま、匂紙が全部燃え尽きるまで回さなきゃならない。

空を見上げた。

「どれぐらいまで届きますかね」

先生に訊くと、そうね、と、頷いた。

「小一時間も経《た》てば、この町全体には匂いは届くでしょう。それほどの大きなものにはならないと思うわ」

　それならいいんだけど。

「でも、先生よく気づきましたね」

　普通は、わからない。先生はにこりと微笑んだ。

「音でわかったの。猫がガラス戸を叩く音で」

「音で？」

「以前にも、あのときは正也ちゃんはいなかったかしらね。多美《たみ》ちゃんが気づいて同じようにガラス戸を叩いてくれたのよ。あのときはこれよりもっと大きかったわ」

「そうだったんですか」

〈間崖〉は知らない内に家の硬いところから中に入り込んでいく。たくさん入り込まれるとその家に陰気《いんき》が宿《やど》って大きくなって行く。心の弱い人ならそれだけで大病《たいびょう》を患《わずら》うこともあるし、仮に小さいままでも喧嘩《けんか》が絶えない家族になるかもしれない。

　先生が家の方を振り返ると、縁側のところで美波ちゃんが眼を丸くして、笊を振り回す知水を、いや、ぐるぐる回る笊の動きを真剣な顔で、左右に動かして追っていた。その瞳がものすごくきらきらしているので、思わず先生と二人で笑ってしまった。

「きっと、飛びつきたいのを我慢しているのね」

「でしょうね」

あんなものを振り回されたら、普通の猫は飛びかかりたくて我慢できないんじゃないか。

「やっぱり美波ちゃんも〈事〉を為すのを手伝ってくれるのね」

「みたいですね」

柒

Episode 7

封苔《ふうち》

「不思議なんだけどねぇ」

佐々木教授が開口一番、僕と知水に言った。君崎《きみさき》教授の研究室だ。

「どうも見る度に印象が変わるんだよねぇ」

そう言われても僕たちにはまったくわからない。

「自分の描いた絵なのに、ですか？」

訊くと、頷いた。

君崎教授は出かけていて今日はもう戻らない。僕と知水は資料整理をしていて、上がり次第帰ることになっている。そこに、佐々木教授がカンバスを抱《かか》えてやってきたんだ。

美波ちゃんを描《えが》いた絵だ。知水と一緒のものではなく、美波ちゃんだけを描いた絵。彼女が床に足を斜《なな》めにして座り込んでいる。背景に窓も描き込まれていて、夏の終わりに描き始めたのだけど季節は巡ってもう秋だ。だから、窓の向こうの木の葉も色づき始めている。

いい絵だと思う。僕は美的な感覚はたぶん持ち合わせていないだろうけど、それでもいい絵だと思う。

さすが教授だけあって、佐々木教授は画家としてもそれなりの実力を持っているんだろう。美波ちゃんの年齢の割には少し幼げな印象も、けれどもその奥に見え隠れする、どう言えばいいのか不思議なコケティッシュさとでも表現すべき魅力、そういうものも引き出して絵の中に閉じこめている。

「ごく稀《まれ》にあるんだよねぇ」

佐々木教授が唇を曲げる。

「確かに自分で描いたのに、あれこんな線を僕は引いたかな？　こんな色を載《の》せたかな？　こんな印象を描いたかな？　って思っちゃう絵が出来上がることがね」

それが、この美波ちゃんの絵だと言うのか。

「それは、良いことなんですか？　悪いことなんですか？」

知水が訊くと、佐々木教授は顔を顰《しか》めた。

「良いときもあるし、悪いときもある。今回は良いね」

「良いんですか」

うん、と、大きく頷いた。

「この絵は、自分で描いておきながらあれだけど、魅力的だ。きっと売れるよ」

「あ、売るんですか？」

何かのコンクールにでも出すもんだと漠然《ばくぜん》と思っていたけれど。当たり前じゃないかって佐々木教授は言う。

「描いた絵を売らないで自分で取っておいてどうするんだい。売って少しでも生活を楽にしなきゃ描き続けられないだろう。芸術にはお金が掛かるんだよ。芸術家が何もしないで食って行くためのね」

ごもっともだと思う。少ない知識でしかないけれど、そもそも芸術というものはそういうふうにして発展してきたものじゃなかったか。パトロンがいて生活が安定し充分な芸術活動の時間が取れてこそ、豊潤な作品ができあがっていくものだろう。

「あれだねぇ」

僕たちを見て、佐々木教授がしみじみといった風に言う。

「君たち蘆野原《あしのはら》の郷《さと》の人たちっていうのは、神様仏様みたいなものをその身に取り込んで生まれる人たちなのかもしれないね」

取り込んで生まれる。言葉としては理解できるけれども。

「ちょっとよくわからないんですけど」

言うと、教授も頷く。

「僕もわからないよ。でもね、たまにいるんだよ。芸術の世界でも天才みたいな人たちって、その人とは違う何かをもうひとつ身の内に抱《かか》えているように思うんだよね。これは僕だけの感覚じゃないと思うよ」

「芸術活動をする人たちなら一度は感じるようなことって話？」

知水が言う。

「そうだね。あぁ誰でもってわけじゃないかな。少なくとも僕ぐらいの、天才じゃあないけど、それをはっきりと理解できる人間じゃないと感じられないと思う」

「だからこそ、天才として存在できている、ですか」

「そうそう。よく『神が降りてくる』って表現があるけれども、あれは降りてくるんじゃないと思うよ。最初からその人の身体の中にいるんだよ芸術の神様みたいなものがさ。それが顔を出すんだ」

「それが、僕たちにも、ですか」

うん、と、頷く。

「だからこそ、なんだっけ？〈事〉だっけ。そういうのを感じるし対処できるんだと思うよ。まぁそれを感じ取れる僕も中々のものだと思うけどね」

そう言ってからからと笑って、でもすぐにその笑いが止まった。

「あれ？」

「え？」

椅子に座っていた僕と知水を凝視《ぎょうし》した。眼を何度もしばたたかせそしてごしごしと擦《こす》る。

「どうしました？」

「今、一瞬君たちの周りに鳥の羽根みたいなものが飛んだように思えたんだけど、気のせい？」

「鳥の羽根？」

「あれ？　何か僕の眼が変だね。老眼でも進んだ？」

しきりに眼をぱちぱちとさせる。

「ちょっと佐々木教授。座って」

今までずっと立って話していた教授に、知水が近づきながら言う。佐々木教授が素直にそばにあったソファに座った。

「眩暈《めまい》はしてない？」

知水が訊いた。

「ないよ。ただ眼がおかしいだけ。何だろうね。霞《かす》んでいるような、何か白い影のようなものが飛んでいるような」

「眼を擦らないで。教授、眼をしっかり開いてね、その白い影みたいなものを見ようとしてくれないかな」

「まさか、これって〈事〉なの？」

教授が慌《あわ》てたように言った。

「まだわからないよ。ただの眼の病気かもしれないし。とにかく、その白いものを見てどんなものか教えてよ」

「わかった」

佐々木教授が背筋を伸ばし、真っ直《ます》ぐ前を向いた。けれども、うまくその白いものを捉えられないのか、視線をあちこちに動かす。

「あぁ、見えた」

頷きながら言う。

「変だね。一体どこにあるのかわからない。眼の前なのか、向こう側なのか」

「白い、どんなものに見えるの？」

教授は、眼を細める。

「鳥の羽根かなと思ったんだけど、違うかな。あれだ。植物の種のような」

そう言って、ポン！と膝を打った。

「あ！　蒲公英《たんぽぽ》だよ。蒲公英の綿毛が、何本も繋《つな》がっているような感じのものだ！　何て言えばいいのかわからないけど」

「〈封筈〉だよ、正也さん」

「〈封筈〉!?」

驚いた。

まさか、そんな〈事〉が佐々木教授に。

すると。

「佐々木教授、御身内《おみうち》に、巫女《みこ》さんか巫覡《ふげき》のようなことをやっていた人はいませんか」

「巫覡？」

「男の巫女さんみたいな人です。民間でもなんでもいいです。神の依《よ》り代《しろ》のようなことを生業《なりわい》に、あるいは得意としていた人は」

教授は少し首を捻《ひね》った。

「母方の祖母が、若い頃に村の神社で巫女さんのようなことをしていたって聞いたことはあるけど、大昔の話だよ？」

「その村はどこにあるんですか？」

「京都だね。四津木《しづき》村ってところ。ものすごい田舎だよ。僕も小さい頃に一度しか行ったことない」

四津木村。

思わず知水と顔を見合わせてしまった。それは蘆野原から近いところにある村だ。蘆野原に流れる蘆野川、その上流から分かれた椎野《しいの》川の近くに位置する本当に小さな集落。

「佐々木教授」

「なに」

「その村が、蘆野原にけっこう近いところにあるって知ってました？」

びっくりしたように眼を丸くした。

「全然知らなかった。そうなの？」

知らなかったのか。

「それじゃあ、正也さん。佐々木教授の部屋の〈燈土象《ひとかた》〉もひょっとしたら」

「そうかもしれないな」

あれは、たまたま起こった〈事〉ではなくて、佐々木教授の近くにあったからこそ起きたものなのかもしれない。

そしてまた、〈封筥〉だ。

思えば、普通の人で、その人生でこんな近い時期に二度も〈事〉に遭遇する人もそうはいないだろう。そんなに珍しいというわけではないけど、あまりあることでもない。もちろん、僕たちが〈事〉を呼び寄せているわけでもない。

何はともあれ、〈封筥〉を為さなきゃならない。

「知水。水を汲《く》んで」

「コップでいい？」

「いいよ。あぁそこの湯飲みも使っていい。佐々木教授」

「なんだい」

ちょっと可哀相《かわいそう》だけど。

「水も滴《したた》る良い男になってもらわなきゃなりません」

そう言うと、手洗い場から湯飲みとコップに水を入れてきた知水を見て、情けない顔をした。

「まさか、その二杯の水を頭から掛けようってのかい？」

「ご明察《めいさつ》です」

はぁ、と、溜息《ためいき》をついて肩を落とした。

「まぁ今日はまだ夏の名残《なごり》か暑いからね。いいよ。やっちゃって」

「それじゃ、そのまま座ったままでいいですから待っていてください」

知水からコップを受け取る。知水は湯飲みを持つ。それぞれ左手に持ち、呼吸を合わせてから同時に右手で印を結び、印を切る。

「彼方の此方《こちら》の遠き御おき白妙《しろたえ》の生《な》す姫生す彦そぞろにみぞろにありしますその伝えに縁《よ》り来る寄り来る撚《よ》り糸の如《ごと》くにこのちにかえりませもうせ」

同時に三度唱える。そしてまた印を結び、印を切る。

「みずふります。めをとじこえをださずにたえませ」

教授の頭から水を掛ける。

佐々木教授は、身じろぎもしないで、我慢した。

「うん」

知水が、部屋の中の空間を見た。そしてそのまま歩いて窓辺まで行き、じっと空を見た。

「捉えたよ。大丈夫」

「終わりました教授。もう動いてもいいですよ」

「やれやれ」

ハンケチを出して、顔を拭《ふ》き頭も拭く。シャツも濡れてしまったのでもう拭いてもどうしようもない。

「何か代わりのものを探しましょうか？」

「いや、いいよ。女房に電話して持ってきてもらうよ。消えた？　そのなんとかっていうのは」

「どうですか？　見渡してください」

そうだった、という顔をして佐々木教授は辺りを見回した。

「あ、もう見えないね。うん、消えたよ」

そう言いながら顔をまた拭いて、知水に向かって言った。

「その何とかは、空へ飛んでいったとでも言うの？　そっちを見ていたけど」

知水が振り返って、言った。

「〈封咎〉はね、ちょっと奇妙な〈事〉なんだよ先生。ね？」

ね？　と僕を見るので、そうだな、と頷いた。

「放っておくと、眼が塞《ふさ》がれたようになって悪くすると何年間も眼が見づらくなってしまうんですよ」

「それは困る。僕は画家なのに」

「でも、〈封咎〉は為すと〈吉報《きっぽう》〉に変わるんです」

「吉報？　良い知らせってこと？」

「そうなんです」

前触れへと変わる。良きことへの前触れ。即ち〈失《う》せ物見つかる〉とかの類《たぐ》いの吉報への前触れだ。

捌

Episode 8

捌

Episode 8

洞崙

——うろん——


四津木《しづき》村、と、上楽《かみらく》先生が呟《つぶや》いてほんの少し唇を尖《とが》らせた。

「それは」

そう言って、何かを考えるように眼を泳がせる。

「確かに前触《まえぶ》れなのかもしれないわね」

「そう思いますよね」

近所の子供が川で捕《つか》まえたという大きな鰻《うなぎ》を貰《もら》ったそうで、夕餉《ゆうげ》の食卓にそれが甘辛い味付けで出てきた。皆でそれを旨《うま》い旨いと食べた後に、居間で佐々木教授の〈事〉を先生に教えたのだ。

「某々爺《ぼうぼうじい》の地廻《じまわ》しは、この家にあったわよね」

「ありますよ」

地廻しとは、手製の地図のことだ。某々爺や上楽先生のように、日本中に散らばった郷《さと》の人間を訪ね歩く者が持つ地図。地図としてはそれほど正確とは言えないけれども、どの街に、いつの時点で誰が住んでいて、何をしていたかも事細《ことこま》かく書かれている。

上楽先生のそれは、空襲で家が焼けて失われてしまった。某々爺の地廻しも戦前の随分《ずいぶん》以前のものだから、そこに誰が居るという情報はあまりあてにならない。それでも、郷の者たちのかつての住歴のようなものはよく判る。

居間の座卓の上に広げる。美波《みなみ》ちゃんと百代《ももよ》さんが興味深げに覗《のぞ》き込む。

「上郷村《かみさと》」

上楽先生が指差すと、百代さんが微笑《ほほえ》んで頷《うなず》いた。百代さんの故郷だ。もう何年も帰っていないし、知り合いはまだいるにしても、身内の人間は誰もいないと聞いている。

「そして、こっちに四津木村」

そこに郷の人間が住んでいた記録はない。そもそも蘆野原《あしのはら》の人間が郷を出る、というのは、何かしらの目的のためにまったく違う環境に身を置くために出るのだから、近くの田舎に移り住むなんてことは、ほとんどない。郷の女性が、その村の誰かと恋仲になってお嫁に行くというのなら話は別だけれど。

先生が指を滑《すべ》らせる。

「ここが、蘆野原」

知水《ともみ》と二人で頷いた。帰ることのできない故郷。場所は判ってはいても、端《は》境《ざかい》が開かれなければそこに辿《たど》り着くことができない。

蘆野原と四津木村の距離は、感覚でしかないけれども、直線距離では三十キロもないのではないか。

「以前から不思議に思っていたんですが」

百代さんが言う。

「上郷村にいた頃には、舟で蘆野川を遡《さかのぼ》っていけば蘆野原の郷に行けましたよね」

「そうね」

先生が頷いた。上郷村は蘆野原を流れる川の下流にある村だ。雪解け水のない時期なら舟で遡っていくことはできる。

「閉じられた今は、舟でも行けないんですか？」

「そこを通ることはもちろんできますよ」

川は、いつの時代も変わらずそこにある。

「でも、蘆野原の郷の船着き場がどこかは、舟の上からわからなくなってしまっているんですよ。適当なところに舟を寄せて上がったとしても、全然違うところに辿り着いてしまいます」

不思議ですよねぇ、と百代さんが顔を顰《しか》める。確かに不思議なんだが、そういうものなんだ。昔からある狐狸《こり》の類《たぐ》いに化かされるという話と同じもの。普通の人はその〈理《ことわり》〉がわからないので、どうしようもない。

美波ちゃんが、何かもぞもぞと身体《からだ》を動かしている。

「どうかした？」

知水が訊《き》くと、頭を小さく振って、下を向く。でも、明らかに何かを言いたげな様子に、皆で顔を見合わせた。

「この辺に」

先生が地廻しの蘆野原の付近をぐるりと指でなぞって示し、美波ちゃんに言った。

「行ってみたい？」

美波ちゃんが、小さく首を横に振った。

違うのか。行ってみたくはないのか。

「じゃあ」

先生が続けた。

「ここは？　四津木村」

また先生が地廻しの四津木村の辺《あた》りを示すと、今度は大きく頷いたので少し驚いた。

「行ってみたいんだ？」

知水がもう一度訊くと、笑顔になってまた大きく頷いた。先生と知水と三人で顔を見合わせた。

「行きますか」

僕が言うと、先生も頷いた。

「その時が来たみたいね」

行くと決めて、じゃあ早速《さっそく》、というわけにもいかない。

何せ、全員で行かなければならないのだ。僕と、知水と、上楽先生と、美波ちゃんに百代さん。五人だ。まさしく老若男女のご一行様になってしまう。

向こうに何があるかわからない。何もなければ帰ってくるしかないのだけど、何かあったとしたら、そのまましばらく帰ってこられなくなる場合もあるかもしれない。

そうなったときに残される者が、それは高齢である先生や蘆野原の生まれではない百代さんになるのだけど、可哀相《かわいそう》だしこちらも困る。

だから全員で行かなければならない。全員となると、それなりにお金も掛かるし、何よりも四津木村での滞在が問題になる。

佐々木《ささき》教授に相談してみると、今も村に住んでいる親戚の人へ紹介状の様な手紙を書いてくれた。幾日かの滞在の伝手《つて》を探してもらうと、それだけの人数ならば村にはまだ使える空き家《あきや》がいくつもあるからそこにすればいいという返事を貰えた。

その手紙が着くまでの間に、〈崎出版社《みさきしゅっぱんしゃ》〉の西岡《にしおか》編集長に会いに行ってきた。長旅のお金を確保するためだ。書くであろう僕の原稿の原稿料前借りを頼み込んだのだ。僕だけが行けば済む話なのだけど、知水も小さい頃から西岡さんには可愛がってもらっていたのでついてきた。そもそも西岡さんは知水の父である泉水《いずみ》おじさんの友人なのだ。

西岡さんは家族を除けば、父さんや母さん、そして姉さんにも近しい人の一人だった。編集長のデスクの向かいにある革張りのソファに沈み込むように座った西岡編集長は、事情を話すとゆっくり大きく頷いた。

「いよいよか」

感慨《かんがい》深げに言う。

「いよいよ、と言うと」

「いつかそう言ってくると思っていたのさ。多美《たみ》ちゃんを捜しに行くから金を貸してくれってね」

「そうなんですか」

お見通しだったか。西岡さんは、にこりと微笑むと煙草《たばこ》に火を点《つ》けて、大きく煙を吐《は》いて窓の向こうを眺《なが》めた。

「俺は、一度だけ蘆野原に行ったことがあるんだ」

「いつですか？」

それは知らなかった。

「まだ君が生まれてもいない頃だ。そもそも和野《かずの》が優美子《ゆみこ》さんと結婚する前だ」

それは、本当に父さんも泉水おじさんも西岡さんも若い頃の話だ。

「二人が郷帰りをするというので、ついていったのさ。今でもはっきり覚えている」

感慨深げな表情を見せて、西岡さんはまた煙草を吹かした。

「何もかもが清冽《せいれつ》な水のよう、とでも表現すればいいのか。そこに足を踏み入れた途端《とたん》にそう感じた。それでいて、何もかもが朧《おぼろ》げにも思える」

郷の人は皆《みな》優しかった、と、西岡さんは続けた。

「村にありがちな閉鎖的《へいさてき》な感覚は一切《いっさい》なかった。皆がごく自然によそ者の俺に接してくれた。俺も何というか、ちょっと立ち寄ってみた昔に住んでいた町みたいな感覚になっていたのさ」

「そういうものなんだよね」

知水が言った。

「蘆野原は、この国に生まれ住んだ人なら、誰にとってもそういうところなんだよ」

「そうだな」

そういう、場所だ。

地が豊かで、強い陽射《ひざ》しに、雨が降って、緑が濃いところだ。

＊

バスが停《と》まった。急にまるでつんのめるように停まったので、乗っていた客が皆《みな》身体を揺らせて少し驚いた声を上げた人もいた。全員が座っていたので事無きを得たのだが、もしも立っている人がいたなら転びでもしたかもしれない。

「申し訳ありません！」

運転手の慌《あわ》てたような声が響いた。

「突然、エンジンが止まりました。今、様子を見て参りますのでしばしお待ちください」

それはもうどうしようもない。故障かねぇ、困ったねぇという声が聞こえてくる。

上野《うえの》から汽車に乗って浜塚《はまづか》まで行って、そこから乗合《のりあい》バスに乗り換えて宇土崎《うとさき》まで。宇土崎から四津木村まではは乗合バスもなく、歩くか、村の人がトラックか耕耘機《こううんき》に付けたリヤカーで迎えに来てくれるのを待つしかない。

宇土崎まではまだしばらく掛かるだろうから、もしもここでバスが動かなくなったりしたらかなり困る。先生にも知水にも長時間歩く体力はない。

「ちょっと見てくるか」

言うと、知水は眼を丸くした。

「車のことがわかるの？」

「わからないけど、男は僕たちだけだろう」

知水がぐるりとバスの中を見渡して頷いた。僕たちの他には高齢の婦人とその連れの小さな女の子、そして大きな荷物を抱《かか》えたご婦人が二人。

「確かにね」

二人で降り口から外に出た。運転手はボンネットを開けて、中を覗き込んでいる。

「何かわかりましたか」

こっちを見て、済まなそうに首を捻《ひね》る。

「まだです。車に詳《くわ》しい方ですか？」

「いや、いざとなったら電話のある所まで走ろうかと」

それぐらいしか役に立たない。運転手がありがたいと言いたげに大げさに頷いた。

「もう少しお待ちください」

知水が何かに気づいたような表情を見せて、ボンネットの中を覗き込んだ。それから、ちょいと手を動かして僕を呼び、四、五歩バスから離れる。

「どうした」

「〈洞崙〉だね」

知水が小さな声で僕に言った。

「〈洞崙〉か」

こんなところで、それは厄介《やっかい》だ。

いや、為《な》すこと自体は比較的簡単に終わるんだけど、〈洞崙〉は郷の人間ではない人に見られていると為すことはできない。かといって見ないでくれと頼んだところで皆の心がそこに残ってしまう。〈洞崙〉はそれを察《さっ》する。つまり、誰にも何も悟《さと》られずに為すしかないのだけど。

バスの中で皆は大人しくしているが、どうなるものかと外を見ているし、何より運転手が何とかしようとエンジンを盛んにいじくっている。

エンジンがいかれたわけじゃない。〈洞崙〉がエンジンの動きを邪魔しているだけだ。

それにしても。

「こんなところで〈洞崙〉っていうのは」

「前触れかもね。僕等の行く手を阻《はば》んでいるみたいだ」

そのときだ。

「運転手さん！」

バスの中から声が聞こえた。ご婦人の一人が降り口に立って慌てたように声を掛けた。

「どうしました？」

運転手がボンネットから身体を離した。

「バスの中で猫がね」

「猫？」

猫？　知水と顔を見合わせた。

「いつの間にか猫がいて、何だか死にそうな声を上げて、すごい苦しんでいるんだよ」

「ええ？」

窓から上楽先生が顔を出して、僕に目配《めくば》せをした。

美波ちゃんか。

美波ちゃんが猫になったのか。

「僕がエンジン、見てみますよ。運転手さんはちょっと行ってきてください」

知水がすかさず言う。運転手さんが、頷いてバスの中へ向かう。

「そこ」

知水が指差した。車のエンジンの仕組みがどうなっているかなんてまったくわからないけど、知水が指差したのは何やらホースみたいなところだった。

印を結び、印を切る。

「さきにさけにとおりにひらくはいずくにかじくにおのれのはいをしめさん」

二度唱えて、また印を結び、印を切る。

どうだ？と、知水に訊こうとした瞬間にエンジンが音を立てた。バスが、まるで生き物が身体を震《ふる》わせたように揺れる。バスの中から、歓声とも思える声が響いた。


乗り込むと、微《かす》かに匂紙《においがみ》の香りがバスの中に漂《ただよ》っていた。上楽先生が少しだけ眉を上げながら小さく頷いた。猫はどうしたのかと思うと、知水の足元にいて見上げて、にゃん、と鳴いた。

「匂紙を？」

隣に座りながら小声で上楽先生に訊くと、小さく頷いた。

「何とかなったわ」

匂紙を〈事〉を為すとき以外で使うと、つまり燃やしてその香りを普通の人に嗅《か》がせると、一種のまやかしになる。今起こったことをまるで夢だったのかあるいは勘違いかと思わせる。一種の麻酔薬のようなものなので、大量に使えば身体に悪影響を与えるから滅多《めった》にやってはいけないことだけれど、それがその場の皆のためになるのなら使うことも吝《やぶさ》かではない。

先生は、猫が騒いだのを、あるいは美波ちゃんが急に猫になったのを誤魔化すために使ったんだ。

「見たんですか？」

一応訊いてみると、先生は、知水の膝の上で丸くなっている美波ちゃんを見つめながら微笑んで、首を横に振った。

「まったくわからなかったわ。気づいたら」

猫になっていたのか。

捌
Episode 8

興吏

——おこり——

使われていない空《あ》き家《や》というからそれなりの覚悟をしていた。雨風させ凌《しの》げればいいさ、と思っていたのだけど、なかなかどうして立派なちゃんとした家だった。

年季の入った茅葺《かやぶ》き屋根に、土のままの文字通りの土間に、煤《すす》けた囲炉裏《いろり》、そして水道ではなく井戸という大きな農家だったけれども、それは蘆野原と同じだから何でもない。

「きちんとお掃除がされていますね」

上がり口の床を見て、百代さんが嬉しそうに言った。

「佐々木教授に頼まれて、してくれたんだろうね」

台所には大きな笊《ざる》の上にたくさんの野菜が置いてあった。バス停まで耕耘機に付けたリヤカーで迎えに来てくれて、ここまで運んでくれた甲西《こうさい》さんという人は、生憎《あいにく》と何も手伝えないけど入り用があれば何でも向かいの家に言ってくれと言った。自分の弟の家だから何にも遠慮はいらないと。向かいというのは、田圃《たんぼ》の向こうに見える家のことだろう。

短く刈り込んだ髪に日焼けした浅黒い肌、さほど大きくはないけれども頑健《がんけん》そうな身体に、手指に刻まれた深い皺《しわ》。五十代後半か、あるいは六十絡みと思われる甲西さんは、さっき通り過ぎてきた、五分ほど走ったところが自分の家だと言っていた。

甲西さん自身は佐々木教授のことをまるで知らないそうだ。ただ、佐々木教授の祖母であったカエさんには小さい頃に随分世話になったと微笑んでいた。

そして、蘆野原の郷のことを知っていた。

幼い頃、祖父母の昔語りによく聞かされたと。

〈蘆野原には神様が来る。その神様と蘆野原の人たちはお話をする。だから、蘆

野原の人たちは霊妙《れいみょう》である。その言うことは神妙《しんみょう》に聞かなければならない〉

まさか、この年になって蘆野原の人に出会えるとは思わなかった、と、少し嬉しそうに笑っていた。

蘆野原に神様なんか来ないし僕たちは霊妙などではないけれども、そう思ってもらえるのはこちらも少し嬉しい。

その猫はどうしたのか、家から連れて来たのかと訊かれた。美波ちゃんは猫になったまま、知水の懐《ふところ》に抱かれている。

「ずっと飼っている家族のような猫なんですよ。家に置いとけなくて連れて来ました」

そう言うと、甲西さんは小さく頷き、じっと猫になったままの美波ちゃんを見つめた。

「おかしなことを言う、と笑ってもらってもいいんだけどねぇ」

「何ですか？」

「ここには、猫の神社があるんだよ」

猫の神社。

実は神社にはけっこういろんな動物を祀《まつ》っているものがある。稲荷《いなり》はもちろん狐だし、その他にも犬やら蛇やら鳥を祀ったものもある。

そしてもちろん、猫を祀った神社もある。謂《いわ》れはその土地土地でそれぞれだろうけど、この村の猫の神社にはどんな謂れがあるのか。

「ちょうど、そこの裏の山を登った所にあるんだけどねぇ。社《やしろ》に猫の絵が奉じてあってな。かなり古いもんで誰が描いたかもわからんのだけど、その猫に、本当によう似ているんだよ」

その猫が。

そう言って甲西さんは美波ちゃんを指差した。

「珍しいですね」

小さな鳥居は、かなり古いものだ。丸太で組んだだけの、質素な鳥居。加工した跡も彩色した跡すらない。本当に、ただ木を組んで注連縄《しめなわ》を張っただけの小さな鳥居。強く蹴ったら倒れてしまうんじゃないかと思うほどに乾き切った感じになっている。

その鳥居の向こうに、苔生《こけむ》した石の階段が連なっている。あまりにも苔に覆われているものだから、最初は階段じゃなくてただの石が置いてあるんじゃないかと思えたほどだ。

夕方になって少し空の色は変わってきたけど、まだ陽射しはある。でも、この鳥居と階段の周囲は高い木々に囲まれて、陽射しもあまり届かない。

空気が、ひやりと冷たい。

そして、何かを感じる。

「知水」

呼ぶと、知水が頷いた。上楽先生も、ふぅ、と溜息をついた。

「〈興吏〉だね」

知水が言う。

「〈興吏〉か！」

やはり、僕たちは来るべきときに来るべき場所に来たことになる。

「昼間の〈洞崙〉はやっぱり前触れでしたね」

「そういうことになるわね」

先生が言う。

〈興吏〉は、扱いづらい〈事〉だ。人に害を与えるものとは言い切れないけれども、余計なお世話をする、とでも言えばいいか。

たとえば、百段の階段を下りるときに、速くていいだろうと突然階段を滑り台に変えてしまうような〈事〉だ。

「この鳥居に?」

「そういうことだね」

だとすると、この小さな鳥居をくぐった瞬間に僕たちの身に何が起こるかわからない。上がるのは辛《つら》かろうと突然空に放り投げられるかもしれない。

思わず顔を顰めてしまった。

「鳥居となると、一筋縄ではいかないですね」

「そうね。今、ここで為すわけにはいかないわ。一度、戻りましょう」

＊

何が起こるか判らないので、トランクに白妙《しろたえ》の衣《ころも》を詰め込んできて良かった。郷路を奉じる者が着るために、郷の人間が誂《あつら》えた衣。

白衣は僕で、黒衣は知水だ。

「満月には少し足りないけれども、充分《じゅうぶん》でしょう」

家を出るときに先生が空を見上げて言った。今宵《こよい》は雲もない。辺りは月光に満ちている。上楽先生が、僕と知水の額の辺りに人差し指と中指を揃えて押し付ける。

「供《とも》し灯《とも》れ」

先生が唱《とな》える。

額が、熱くなる。

「行ってきます」

先生と百代さんが、見送ってくれた。美波ちゃんは猫のままで、知水の懐の中に入って抱かれて大人しくしている。じっと知水を見て、ときどき僕の方を見る。

その真ん丸い瞳が可愛らしくしてつい微笑んでしまう。

「供水は？」

「持ってきた」

台所にあった大ぶりの徳利《とっくり》に入れてきた。

「美波ちゃんは大丈夫かな」

知水が軽く美波ちゃんを撫《な》でながら言う。

「大丈夫だろう。絶対にそこから出ないよ」

「温かくてしょうがないよ」

「美波ちゃんが出ると腹が冷えて大変だぞ」

実際僕も腹巻きを止めるとすぐに腹を冷《や》やして壊してしまう性質だ。

こんな田舎の、深夜の山中の神社に行こうとする物好きは他にはいないだろう。

白衣と黒衣の男が二人でうろついても、怖がる人も見咎《みとが》める者も、邪魔する者もいないはず。

鳥居の前に立つと、ちょうど月が真上の辺りにあった。

「頃合いもいいね」

「やるか」

僕は右に、知水は左に、それぞれ鳥居を支える柱の前に立つ。大きく息を吸い、吐き、二人でその呼吸を合わせる。

合ったところで供水を重ね円を描き撒く。そのまま徳利を知水に向かって放《ま》り投げる。徳利もまた重ね円を描きながら二人の間を飛び、知水は受け取り様そのまま重ね円を描き撒く。

撒き終わったらそのまま二人の間に放り投げる。

徳利が地面に落ちる。その落ちた音と同時に、印を結び印を切る。

そして気合いを込めて、僕が手刀を切る。

ひとつ、ふたつ、みっつ。天と地とその端境を示すもの。

さらに知水が手刀を振る。

ひとつ、ふたつ、みっつ。天と地と端境を結ぶもの。

さらに二人同時に、両手で手刀を合わせる。

一重《ひとえ》に、二重《ふたえ》に、三重《みえ》に。それは天と地と端境を包むもの。

一呼吸おいて、印を組む。組み合わされた形の印を、作法に則《のっと》って繰り返す。見えないものに向かって送るのはしきたりに則り、正しく在《あ》ってくださいと祈る言葉だ。

在るがままに在れ、と願い、印を結び、印を解く。

「さかのぼるさかほこるむすびのうつほこにあられるおんたまのみさきにほうじてほうしあげいまさよまさにことあげてことみたりうつせのうつしにすうじませもうせ」

二人で交互に、二度唱える。

最後に、息吹《いぶき》を二人で同時に送る。

為した感覚はある。

その瞬間に、か細い声がした。美波ちゃんが、にぃい、と細く長く鳴いた。

「為したな」

「大丈夫」

夜気が冷たいのに、知水の額に少し汗が浮いているのがわかった。

「かなり大きかったのか」

訊いたら、知水は肩を落としながら、大きく息を吐いた。

「何も感じない正也さんが羨《うらや》ましいよ。正直なところ、駄目かと思った」

「そんなにか」

月明かりの下《もと》で、知水の表情は確かに憔悴《しょうすい》し切っていた。

「でも、お腹が温かかったからね。随分助かった」

美波ちゃんのお蔭か。

「それで猫のままなのかな」

「そうかもね」

何事もそうだろうけど、身体を使って何かをするのに大事なのは腹だ。腹が決まっていれば腰も決まる。人間の身体ってよく出来ているものだと思う。

「行ってみるか」

「そうしよう」

二人で、いや二人と一匹で苔生した階段を上《のぼ》って行く。苔で滑るので気を抜けない。

「相当あるよな」

知水の体力が心配だったけど、美波ちゃんがいるので大丈夫なような気もする。

正確には数えなかったけど、五十段も上ったかと思ったところでようやく上に辿り着いた。

林の中に、これも苔生した式石があった。懐から匂紙を一枚出し、地面に置いた。

「供し灯れ」

ゆらり、と、炎が揺れて匂紙が静かに燃える。その灯りで式石の配置がわかった。まさかとは思ったけれど。

「これは、式造りだな」

「そうだよね」

そして、式造りの式石を歩いていった向こうに小さな社がある。つまり、ここを作った人は式に通じていたことになるから、蘆野原に縁《ゆか》りの者なのか。けれども、この村にそんな神社があるなんて話は一切聞いていない。

誰がこの社を作ったのか。

「上楽先生が知らないんだから、誰も知らないってことだよね」

知水が言う。

「そういうことだな」

にぃ、と、小さく美波ちゃんが鳴いた。まるで、行きましょう、とでも言うように。その声に誘われて、二人で並んで歩いた。本当に小さな社だ。広さで言えば四畳半もないだろう。今にも崩れ落ちそうな木の扉は見事な造作の木組みで作られている。

蘆野原の式に則り、音無しの手打ちを二回。そして印を組み、印を解いた。

扉にそっと手を掛け、引いた。

ゆっくりと開くけど、月の光は社の中までは届かない。ここで文明の利器である懐中電灯を使わせてもらった。

「あれか」

壁に大きな板絵があった。畳一枚分もあるだろうか。確かに古びてはいるけれども、見事に写実的な猫が描かれていて、しかも退色もあまり感じられないのはそもそもが茶色の猫を描いているせいか。それを狙って元の木肌を生かして描かれているのか。ここに佐々木教授がいたら大喜びするかもしれない。

怖いとか、凄《すご》いとかいう絵ではない。

ただ、猫が竹林の中で寝そべっている、どちらかと言えば長閑《のどか》な感じさえする絵だ。どうして神社に奉じられているのかがよくわからないほどに、和《なご》む絵だ。

「そっくりだ」

「うん」

確かに、描かれている猫は、美波ちゃんがなった猫にそっくりだ。いや、そのものだと言ってもいいぐらいだ。子細に比べれば縞模様に違いはあるのだろうけど、顔もよく似ている。

にゃあ、と、知水の懐にいた美波ちゃんが鳴いた。まるで下ろしてと言うように手足を動かすので、知水がしゃがみ込んで美波ちゃんを懐から出した。

美波ちゃんは、きょろきょろと辺りを見回し、それから僕と知水を見て、ととっと歩いて絵の掛かった壁のところまで歩き、そこでくるりと回りながら腰を下ろして、寝そべった。

にゃあ、と、一声僕らに向かって鳴いて、それからゆっくりと頭を下げて、眼を閉じた。

　二人で顔を見合わせた。

「ここで寝るってことかな？」

「そうなのかな」

　そう言って美波ちゃんを見たけど、もう寝入ったように眼を閉じたままだった。お腹の辺りがゆっくりと動いている。

　他に出入り口はない。二人でゆっくりと社を出て、扉を閉めた。中から押せば簡単に開くから、美波ちゃんが出ようと思えば出られる。

「どうしようかね」

　知水が言う。

「放っておくわけにもいかないから、不寝《ねず》の番かな」

　そうだね、と、知水も頷く。しかし衣のままでは汚れてしまう。

「お前は残ってろ。僕が家まで行って着替えや道具を取ってくるよ」

「わかった」

　きっと、何かが起こる。そんな予感があった。

玖
Episode 9

柄裟

――つかさ――

玖
Episode 9

大きな鉄鍋があったのでそれを持ってきた。夜明かしするのに山中《さんちゅう》の夜は冷《ひ》える。ご婦人二人に寒い思いをさせられないので、鉄鍋の中で炭を熾《おこ》して火鉢代わりにしようという魂胆《こんたん》だ。

「まさか社《やしろ》の前で座り込んで丹前《たんぜん》を着込むとは思わなかったわ」

上楽《かみらく》先生が少し笑って、百代《ももよ》さんも頷《うなず》いた。

「寒くないですか？　大丈夫ですか」

「大丈夫よ。風もないし充分《じゅうぶん》暖かいわ。それにここは」

先生が辺《あた》りを見回した。

「丁度《ちょうど》、矢代《やしろ》になっているんじゃあないかしら」

「あ、そうですね」

気づかなかった。周《まわ》りの木々が空気をふわりと封じ込めるようになっている。そのせいで自然と暖かい空気が滞留《たいりゅう》する。

「ひょっとしたら、こういう風習がここにあったのかもしれませんね」

「そうね。今は失われたのかもしれないけれど、村の人がここに集って夜明かしするような」

それならば、式石が式造りに配置されているのも頷ける。集まって声明《しょうみょう》を行うこともあったのかもしれない。

「でも、先生も知らなかったんでしょう？　この村にこんな式造りの社があるなんて」

知水が言うと、先生は頷いた。

「まったく知らなかったわ。だから、考えられるのは、留燠《とめおき》かしらね」

「とめおき？」

「とめおき？」

知水と二人で同時に繰り返してしまった。まったく知らない言葉だ。

「〈事〉ですか？」

「いいえ、〈事〉ではないし、あなたたちが知らなくて当然よ。長と、それに従う古老にしか伝えられない非事《あらごと》だから」

非事とは、文字通り非ず事だ。あってはならないもの。つまり蘆野原《あしのはら》の郷《さと》には不必要なもの。不必要なものでも知らなければそれに対応しようもないから、伝えられていく。

「蘆野原の郷は閉じられても、さらに綴《と》じられてしまっても、郷の人間がいる限りは繋《つな》がりが消えるはずがなかった。そうよね」

「そうですね」

「でも、現にこうして閉じられて、さらに綴じられて、世界では戦争が起こって、郷の人間の誰も彼もその繋がりを失ってしまった。〈事〉も起こらなくなってしまった。起こるはずのない事態になってしまったの」

確かにそうだ。〈事〉が消えるなどとは、有り得ない話だった。でも、そうなってしまっていたのだ。

「では、そんな事態に陥《おちい》ってしまったときに、それも〈理《ことわり》〉と思うのか、あるいはもう一度郷への道を開くための手段を講じるのか。講じるとしたら一体どうやって郷への道を、端境《はざかい》を開くのか、そのための何かが必要なのではないかど考えた人が、過去にいるのよ。蘆野原の郷の人間にね」

別筋《べっすじ》か。

「別筋の、道を開くためのやり方。方術《ほうじゅつ》ですか」

言うと、先生はこっくりと頷いた。

「そういうことね」

正《まさ》に、非事だ。あってはならないこと。

「もしかしたら」

何かを思いついたように身体《からだ》を震わせた知水が言う。

「それが、猫？」

猫。

先生が苦笑《にがわら》いした。

「わからないのよ。何せ非事なのだから私たちにも想像がつかない。誰が考えたのか、どんな別筋でどんな方術で郷への道を開くのか。でも、かつて、優美子《ゆみこ》さんが和弥《かずや》ちゃんの前に現れ、妻になった」

　母さん。

　猫になってしまって〈事〉を為すのを助け、そして郷の端境を歩いた母さん。

四つ足の獣に人の感じる端境など関係ない。

「それに、多美《たみ》ちゃんもね。人が猫になってしまうなどとは私たちの〈理〉の外の話でしかない。でも、〈理〉にも祇体《ぎたい》というものがある。その姿を見せずして力を示す眼に見えぬもの。だから、優美子さんと多美ちゃんが現れたのは、確かに私たちの〈理〉を踏まえた上でそこから外《はず》れた別筋の〈理〉だと考えられないこともないの」

「その証左《しょうさ》が、この社」

　誰かが、用意した。

　いつか蘆野原への道が閉ざされたときに、まったく違う筋からそこに行き着くための道筋。

「どんなものなのか、まったく想像がつかないね」

知水が言うと、百代さんが心配そうな顔を見せた。

「危険なものではないのよね？　知水」

「たぶんね。でも、容易《たやす》いものでもないと思うよ。母さんも覚悟決めないと」

百代さんが、少し眉を顰《ひそ》めて知水の肩を叩いた。

「覚悟なんか、父さんと結婚したときから決めているわよ」

それはそうだ、と、僕も先生も頷いた。蘆野原の郷の人間と結婚するというのがどういうことかなんて、上郷村《かみさと》で育った百代さんは十二分《じゅうにぶん》に理解している。

日々やってくる〈事〉の中で暮らすのは、並大抵の神経では耐えられるものじゃない。僕たちはそれが当たり前だから何とも思わないけど、一般の人にとってはやっぱりそれは〈怪異〉でしかないんだ。

その〈怪異〉を、〈事〉を為すために日々を生きていく夫と一緒に一生を生きていくのだから。

突然、ごう、と、音に包まれた。

身体ごと持っていかれそうになって、足を踏ん張った。自分でもびっくりしたけど隣に座っていた先生をひっつかまえて抱《かか》え込んだ。百代さんは飛ばされそうになって、知水にしがみついた。

　突風だ。

　それも、とんでもない強さの突風。

　葉擦《はず》れの音も、何の前触《まえぶ》れもなかった。

「正也《まさや》さん！」

　風の音の中で知水が叫ぶように呼んだ。

「〈柄裟〉だ！　〈柄裟〉！」

〈柄裟〉か。

　いよいよこの場所にいることが、蘆野原の郷への近道だということか。

「先生！　手を離します！　大丈夫ですか！」

「大丈夫よ！」

　上楽先生が地面にへばりつくように身を屈《かが》めた。百代さんもそうしている。

「知水！　できるか！」

「何とか！」

　立っていられない程の強風。それでも、二本の足で立って形を整え印を結ばなければ〈事〉は為せない。

靴を脱ぐ。裸足《はだし》になって式石の上に立つ。

腹に息を落とし、身体中に血を巡らせる。持っていかれそうになる足元に、力が溜《た》まる。地と結ばれる。

知水と二人で横に並び、印を結び、印を切る。

「この架《か》したし業《わざ》の波等御身《はらおんみ》に筋身《すじみ》に得《え》けど然《しか》れど我賀身《わがみ》の阿賀身《あがみ》の由《よし》に初め去らん」

風の音に負けない程の大声で二度唱《とな》える。そして、印を結び、印を切る。その途端《とたん》に風が止《や》んで、知水と二人で前につんのめって倒れ込んでしまった。

「大丈夫？」

先生と百代さんが慌てて訊《き》いてきた。

「大丈夫です。知水は？」

「平気。でも膝を打ったよ」

「とんでもない強さの風だったな」

〈柄裟〉を為したのは初めてだったけど、こんなにもすごい風が吹くものなのか。

先生が立ち上がって社まで歩いて、中を覗《のぞ》き込んだ。

「美波《みなみ》ちゃんは」

訊くと、先生は振り向いて頷いた。

「大丈夫よ」

戻ってきて、微笑《ほほえ》んだ。

「あんなにも凄い風だったのに、すやすや寝ていたわ」

それにしても、と、上楽先生は続けた。

「明らかに私たちの道筋を通せんぼするために〈事〉が動いたわね」

「そうですよね」

〈柄裟〉は本来は農作業など、外での作業を邪魔するために吹く風だ。何の前触れもないために、ひどいときには怪我人や死者が出るほどの被害もある。それが、何の作業もしていない僕たちのところに吹いた。明らかに邪魔をしている。

そこに、なにものかの意志がある。

「非事を使おうとしているからかな？」

知水が言う。上楽先生は首を捻《ひね》った。

「道理が通らないわね。そもそも蘆野原と繋がる〈あまつちのち〉があるから〈事〉もある。私たちが蘆野原と繋がろうとしているのに、〈あまつちのち〉と繋がっている〈事〉が邪魔するはずもない」

「繋がるな、ってこととかさ」

「それは、違うわ」

上楽先生は少し息を吐いて、夜空を見上げた。

「蘆野原は、偲郷《しきょう》。思いのところにあるもの。それは誰も邪魔できるものではないわ。たとえ神様でもね」

玖

Episode 9

瑠殿《るでん》

小腹が空《す》く、というのは本当に小腹だなと実感する。

夜中の二時を回って炭で湯を沸かして鉄瓶でお茶を淹れ、持ってきたおにぎりを皆で一個ずつ食べた。

その小さな一個で気持ちが満たされる。満足する。

「どうして夜中に食べるご飯は美味《おい》しいのかね」

知水が言うと、皆が同意と頷いて微笑み合った。

「そもそもが、この時間、人が起きていてはいけない時間よ。その時間に起きていてご飯を食べるなんていうのは、文明が齎《もたら》した罪よ。罪の味は蜜の味なのね」

先生がそう言うと含蓄《がんちく》があって、なるほどと頷いてしまう。

でも、確かにそうなのかもしれない。本来、人間もただの動物だったはずだ。日が暮れたら寝て、朝が来たら起きる。ただの動物から進化したときでも、明かりがない時代はそうだったはずだ。江戸の頃なら明るくなったら起きて暗くなったら寝るのが普通だったんじゃないか。

それが、電気という恒常《こうじょう》の明かりを獲得《かくとく》して人間は宵《よい》っぱりになった。夜中に起きている人がいるのも当たり前になった。

「人間は、進化するんですかね」

知水が訊くと、上楽先生は頷いた。

「肉体のことは解《わか》らないけれど、精神と感覚は確実に進化していくでしょうね。その言葉を使っていいものなら」

「精神と感覚の進化とは？」

訊いたら、先生は空を指差しくるりと回した。

「飛行機乗りの速さへの感覚は、飛行機など乗ったこともない私より遙《はる》かに優《すぐ》れているでしょうね。車だって、人間は便利さを求める動物だから今よりどんどん速くなるでしょう。そのスピードに、人間の精神は、感覚は対応していく。だとしたら、百年前の人間より今の人間は感覚的に進化しているはずよ。感覚と精神は一心同体。感覚と肉体も同じ。だから、いつか神様の存在をも人間は知覚するでしょうね」

「眼に見えない神様を、眼に見るようになる」

知水が言うと、先生は頷いた。

「もっとも、眼に見えない神様の存在意義がそこで消えてしまうでしょうけどね。そうなったときに世界がどうなるのかなんて、今の私にはさっぱりわからないけれど」

世界中にいろんな神様がいるけれど、実はその神様の姿を見た人などいない。書かれて、もしくは描かれているのは全部想像の産物だ。

「そうなったら、それこそ蘆野原は消えてしまうかもしれないですね」

言うと、先生は深く頷いた。

「見えないものが見えてしまうと、そうなるかもしれないわね」

消えてしまうかもしれない。蘆野原はあの世とこの世を繋ぐ境目にある土地。

そこに住む者は神様と言葉を交《か》わすけれども、その姿は誰も知らない。

ふいに、知水が動いた。

「何か聞こえた」

頭を動かし、耳を澄ませるように動きを止めた。同じようにしたけれども、何も聞こえない。

知水が眼を細めた。

「草を踏むような音」

「草を?」

「足音が、一瞬聞こえた」

知水が言うなら間違いない。二人でそっと立ち上がった。先生と百代さんは二人で寄り添い、じっと身を縮めた。

「どっちだ」

「あっち」

指差したのは、社の向こう。少し歩くとそこは崖とまでは言えないが、低く草木の生い茂る急坂のようになっている。ゆっくりと二人で歩を進めた。

月明かり以外の明かりは何ひとつない山中。崖の下の田圃《たんぼ》や畑には、皆が寝静まる農家が点在するだけだ。

蒼《あお》い闇の中。

何か、光のようなものが見えた気がした。

「知水」

「うん」

光だったのかもはっきりしないものが、見えて、消えた。

また蒼い闇に眼を凝らす。

「また聞こえた」

知水が言う。

「間違いなく、草を踏む音だよ」

「何かが動いているのか?」

「動物かも」

そう聞いた瞬間に、とくん、と、心臓が音を立てたようにも思った。向こうで、光だったかもはっきりしないものが、動いている。

それは。

また、見えた。

蒼い闇の中に、白い光。

いや、光じゃない。

白い、生き物。

白い毛に覆われた、小さな生き物。

「正也さん」

知水が、小さい声で、けれども確信の籠《こも》った声で言った。

「うん」

猫じゃないのか。白い猫じゃないのか。あそこに、ずっと向こうの草の合間に見えている白い小さいものは。

姉さんじゃないのか。

姉さんがなっている、白い猫。

けれども、その白い点のようなものはそこから、二十メートル程も先のところから動かない。じっとこっちの様子を窺《うかが》っているような気もする。

「どうしようか」

もしも姉さんなら、様子を窺うなんてことをするはずもない。来てくれるはずだ。でも、動いていないような気がする。

「来られないのか」

「どうなんだろう」

後ろで気配《けはい》がしたので振り返ると、上楽先生と百代さんも様子を見に来ていた。

先生が、そっと背伸びをするようにして、白いものが見える辺りに目を凝らす。

一度、首を捻った。

「知水ちゃん」

「はい」

「社の辺りをぐるっと回ってちょうだい。何か、ないかしら」

「社を」

言われた通りにそっとその場を離れて、二人で社の周囲を回った。中を覗くと相変わらず美波ちゃんは眠ったままだ。

ひゅるん、と、何か音のようなものがした。

知水と二人で周囲を見回す。

ひゅるん、ひゅるん、と、何かがそっと風を切るような、子供が縄跳びの縄を回すような音が微《かす》かに聞こえた。

「〈瑠殿〉だ」

〈瑠殿〉か。

そう来たか。

「〈柄裟〉に続いて〈瑠殿〉とは随分と念の入《い》ったことだね」

知水が言う。確かにそうだが、ふいにその考えに思い至った。

「確かに念の入ったことだが、何か、手順を踏んでいるんじゃないのか」

「手順？」

〈瑠殿〉は、人の足元を危うくする。躓《つまず》くだけならさして問題はないが、長い石段などで〈瑠殿〉に足元を危うくされると、冗談では済まない。

「〈柄裟〉も〈瑠殿〉も、どちらも足元にしっかり力を込めていれば防げる〈事〉だ」

知水が首を捻った。

「そう言うことを教えているって話？　〈事〉が僕らに説教してるって？」

「有り得ないだろうが、事実は事実だ」

まぁ確かに、と、知水が頷く。

「とにかく為しちゃおうよ。〈瑠殿〉を為したら、あの白猫みたいなものがこっちに来るかもしれない」

「そうだな」

もしも、あれが猫なら、ここに来たがっているのかもしれない。けれども四つ足の獣にとって〈瑠殿〉は結界みたいなものだ。

「煙草《たばこ》でいいな」

「大丈夫でしょ。正也さんなら」

先生に〈瑠殿〉を為すと声を掛けて、鞄《かばん》を置いてあるところまで戻り煙草を取り出した。社まで戻って、正面に立って煙草に火を点《つ》けた。

深く吸い、しゃがみ込んでゆっくりと煙を吐き出す。それを三度繰り返した。

風はまったくない。紫煙《しえん》が流れていく。

そのまま煙草を線香のように地面に立てる。その前に正座して、印を結び印を切る。

「かぐやかげやたゆたいたゆたうはつしろのうしろにすじかいとおさずきりにはずれよ」

三度唱える。唱えた後に煙草を手に取り、もう一度吸って煙を流す。そのまま煙草の火を消すように手の中に収め、印を結び印を切る。

隣でじっと控えていた知水が頷いた。

「為したよ」

「よし」

二人で急いで立ち上がって、まだ様子を見ている先生と百代さんの傍《そば》に急いだ。

「どうですか」

先生が、すっ、と、指を伸ばして指し示した。

そこに、白い影があった。

動いている。こっちに向かってきている。

猫だ。

白い猫だ。

「姉さんだ」

思わず呟《つぶや》くと、先生も百代さんも大きく頷いていた。その顔に笑みが浮かんでいる。

まだ猫は十メートルも向こうにいる。でも、一歩ずつ歩みを進め近づいてきている。

「いや、でも」

知水が言った。

「小さくないかな」

「え？」

足取りが軽くなってきた。走ってはいないが、急ぎ足になっている。はっきりとその姿が見て取れるようになってきた。

「場所を空《あ》けましょう。邪魔になるわ」

先生がそう言って立ち上がったので、皆で社の前まで移動した。待っていると、白猫が急坂を上り切り、社に向かって歩き出した。

ひと鳴きもしない。僕たちに向かってくる様子もない。まっすぐに社に向かい、その階段を上る。

その姿は、確かに小さい。

「子猫よ」

「子猫だ」

「子猫ですよね」

皆で同じ言葉を繰り返してしまった。

白猫だ。そして、間違いなく姉さんだと思った。姉さんがなった白猫だと。でも、姉さんの白猫は大人の猫だ。

そもそも猫として父さんと母さんの前に現れた姉さんの正確な年齢は判らないけど、僕よりも十歳以上は年上で、一応干支《えと》が一回りした、十二歳上の姉ということにしてあった。だから、人間で言えば三十四、五の女性。

それなのに、今、社に入っていこうとしている猫は明らかに若い猫だ。子猫と言い切ってしまうには少し大きいかもしれないけれど、それでも大人の猫ではない。

僕らの方を見向きもしないで、社の木の扉を器用に前足で開いて中に入っていった。

皆で顔を見合わせ、一度頷き合って、そっと歩を進めた。

にゃん、と、声が聞こえた。

あれは、美波ちゃんの声だ。

その後にまた、にゃあん、と声が聞こえた。姉さんの声だ。間違いなく猫になった姉さんの、和野《かずの》多美の声だ。

「待ちましょう」

上楽先生が言った。

「きっとそのためにここは式造りになっているはず。あそこで待ちましょう」

あそことは、式造りになっている式石のところだ。皆で頷いて、ゆっくりとそこまで下がった。

気づくと、空の色味が僅《わず》かに変わってきている。夜からゆっくりと朝へと移っていく時間帯。

空には星がたくさん出ている。きっと綺麗《きれい》に晴れる朝になるはずだ。

「形で待ちましょう」

先生が言った。ちょうど鉄鍋を真ん中に置いてあるから、僕が右前に、知水は左前に。その後ろに百代さん、僕の後ろに上楽先生が座った。四方の陣だ。

「明らかに子猫だったよね？」

知水が言う。

「若い猫だったよな」

「違う猫なのかしら。でも顔はちゃんと多美ちゃんでしたよね」

百代さんが言う。

猫や犬、動物と暮らしたことがない人には判らないだろうが、当たり前だけど猫でも犬でも顔は全部違う。似たような顔つきや模様の猫でも、自分の家で一緒に過ごしている人には一目で判る。

「確かに多美ちゃんの顔つきだったわ」

先生が言った。

「猫又《ねこまた》とかいう猫の妖怪はいたよね」

「あれは相当に年を取った猫がなるものだろう」

「そうだっけ」

確かそのはずだ。もっとも僕たちの〈理〉の中に妖怪はいないけれども、概念としては理解できるし、感じることもできる。

上楽先生が、少し表情を引き締めた。

「ひょっとしたら、若返ったのかもしれないわね。多美ちゃんが」

「若返った」

百代さんが繰り返した。

「そんなことができるんですか。多美ちゃんは」

「普通は、有り得ないわね」

先生が薄く笑った。

「けれども、ひょっとしたらってこともあるわ。待ちましょう。きっとこの夜が明ける頃、空に光が現れてこの闇を消した頃に出てくるはずよ。正也ちゃん、知水ちゃん」

「はい」

知水と同時に返事をする。

「〈かへりのまことのり〉を覚えているかしら?」

「覚えてますよ」

唱えだ。

〈事〉を為すための唱えじゃなくて、単純にその場をあらためるための唱え。荷物を持つときに勢いをつけるために出す、「どっこいしょ」なんていう掛け声と同じようなものだ。蘆野原で暮らしているときには、よく使っていた。

「二人で唱えてちょうだい。いつもよりゆっくりと、長く、静かに。疲れない程度でいいわ」

「わかりました」

二人で顔を見合わせてから、呼吸を調《ととの》え、息を合わせる。

印を結び、印を切る。

「あらたに　しろたに　ましろに　よしろに　いきませ　ときませ　よろしませ」

ゆっくりと、静かに、二人の声を合わせ響かせる。響きは、波になり遠くへ周りへこの声を届かせる。

細波《さざなみ》のように静かに声明《しょうみょう》が広がる。

きぃ、と音がした。

空に光が差して、辺りの闇が薄くなった頃だ。社の扉が中から開いて、美波ちゃんが姿を見せた。猫ではない、人の姿で。

少し恥ずかしそうな笑みを浮かべて、小首を傾《かし》げながら座っている僕らを見た。

その後ろにも、人の姿があった。

白のブラウスに、紺色のスカート。長い髪の毛を後ろで縛った細身の女性。

「姉さん」

思わず声が出た。

姉さんは、ほんの少し俯《うつむ》き加減で出てきた。それから顔を上げて、やっぱりほんの少し恥ずかしそうな笑みを見せた。

「多美ちゃん！」

百代さんが立ち上がりながら呼んで、口に手を当て、眼をしばたたかせた。

「百代さん、上楽先生」

姉さんが早足で近づいてくる。僕たちも立ち上がった。

「知水ちゃん」

「多美さん」

「正也」

「姉さん」

皆で、姉さんを囲むようにした。百代さんが姉さんを抱きしめた。

「よく無事で、よく無事で、帰ってきてくれて」

涙を流していた。姉さんの後ろで美波ちゃんが嬉《うれ》しそうに微笑んでいた。

「多美ちゃん、お帰りなさい」

先生が頭を撫《な》でると、姉さんの瞳にも涙が浮かんだ。

「長の留守、済みませんでした」

姉さんは、変わっていなかった。長い髪の毛も、きれいな瞳も、細い体つきも。

でも、変わっているところもあった。

明らかに、姉さんは、若くなっている。後ろにいる美波ちゃんと同じぐらいじゃないかと、十代の娘さんだとはっきり言えるほどに。

まだ闇が抜け切らない光のせいじゃない。

「姉さん」

呼ぶと、僕を見て、こくり、と頷いた。

「正也」

姉さんは、自分が猫になっている間のことを覚えていない。だとすると、今、自分が明らかに若くなっていることにも気づいていないんじゃないか。そう思って、どう言おうか躊躇《ためら》ってしまった。

「わたしが、言います」

びっくりした。

今まで聞いたことのない、若い女の子の声。

美波ちゃんだった。

美波ちゃんが、初めて喋《しゃべ》った。

拾

Episode 10

拾

Episode 10

源偲

——げんし——

蘆野原《あしのはら》の端境《はざかい》まで行きましょう。

美波《みなみ》ちゃんがそう言ったきり、また何も話せなく、もしくは話さなくなってしまった。それに応じるように、姉さんも言葉を発さなくなってしまった。

だからこれはある種の願掛けの様なものか、と、理解した。

蘆野原の郷にそんな風習はないけれど、たとえばお百度参りの間に喋《しゃべ》ってはいけないとか、そんな類《たぐ》いのまじないのようなものはこの国のあちこちにある。それはそれで立派な式《しき》の形だ。二人にそう訊《き》いても、曖昧《あいまい》に微笑《ほほえ》み困ったような顔をするだけだったので、まぁたぶんそういうことなんだろうと理解した。

それが別筋《べっすじ》の、道を開くためのやり方なんだろう。美波ちゃんと姉さんがどうしてそれを理解しているのかは、後で訊けばいいだけの話だ。知っていれば教えてくれるだろうし、自分でもわからないのなら、そういうものなんだと思えばいい。

とにかく端境と思われるところまで行けば、何かが始まるのだ。わかるのだ。

それで、夜も明け切らないうちに歩いて向かうことにした。

上楽《かみらく》先生の身体《からだ》が心配だったけど、蘆野原に近いこの辺《あた》りは気の流れも水の匂いも良いみたいで、先生はすっかり体力を回復していたみたいだった。知水《ともみ》ももちろん、元気だった。美津濃《みずの》家の人間は水さえ合えばとことん元気になれる。

お世話になった甲西《こうさい》さんにはとりあえず手紙を置いておいた。いろいろとお気遣いいただいたのに、無礼ばかりで申し訳ない。必ず近いうちに改めてお礼に戻ると。

そうして、皆で歩いた。

先頭には美波ちゃんが立った。何も言わずにそうするものだから、道が判るのだろうとそれに従った。途中までは普通の道を歩き、山に入ってからは獣道の様なところも歩いた。

方向は、間違いなく蘆野原の方へ向いていた。

一山を越え、陽《ひ》が高くなった頃に、僕にも知水にも、もちろん姉さんにも先生にも覚えがある場所に出た。

蘆之里だ。

蘆野原にいちばん近い人里。

ここから蘆野原へは山道をひたすら歩いて、大人の男の足で、健脚《けんきゃく》なら一時間かそこらで端境に着く。お年寄りと女性が一緒だから二時間か三時間は見ておいた方がいいかもしれない。

蘆之里で水を貰《もら》い、ひと休みさせてもらった。

もちろん、蘆之里で暮らす人たちは蘆野原のことをよく知っている。ただ、距離が近い分、蘆野原の郷の者は蘆之里の人たちとは一歩距離を置く。蘆之里の人もそれをよく知っている。距離が近過ぎて混じり合ってしまってはいろいろと問題が起こるからだ。

蘆野原は、蘆野原として存在し続けなければならない。血の混じりは地の雑《ま》じりに通じていく。だから、近在の村同士何かの折りに助け合いはしても、無闇矢鱈《むやみやたら》に近づくことはしてこなかった。

「蘆野原の郷は、どうなってますかいね？」

そう訊いてきたのは水を貰い、握り飯まで都合してもらった村外《はず》れの家だ。上楽先生は以前から知っていて、西田《にしだ》さんと呼んでいた。

「今はもう誰もおらんいう話もあるんですけどなぁ」

先生が、ゆっくりと頷《うなず》いた。

「そうなんですよ。これから少し様子を見てこようと思ってます」

嘘をついてもしょうがない。閉じたとか綴《と》じられたというのは普通の人にはまるで関係ない。単にそこに住む人がいなくなってしまった村、というだけの話だ。

それは淋《さみ》しなぁ、と、西田さんは微笑む。お年は五十絡みのご婦人だ。蘆野原のことは小さな頃から聞かされているだろう。西田さんのお子さんもたぶんそうだ。

でも、子供の子供、西田さんのお孫さんにもそれが伝えられていくかどうか。

端境は、蘆野原の郷と人の里を分ける境だ。

その端境がどんなものでどこにあるのかは、普通の人にはまるで判らない。実は長筋《おさすじ》である僕にも見えない。蘆野原に住む人間ならはっきりと判るのだけど、そうではない人には見えない。見えないということは、その端境も越えられない。

つまり、蘆野原の郷には辿《たど》り着けない。

郷の人ではない者が蘆野原に行きたいと思っても、郷の人間の案内がなければ山中をぐるぐる回り続け、やがて迷ってどこか近くの村に出てしまう。ごく稀《まれ》に資質を持った人がいて何かの拍子に端境を越えて郷に入ってくることもあるけれど、それはそれで問題ない。資質を持っているということは、自然にそこに馴染《なじ》めるということだ。

僕も知水も先生も郷から出ている人間なので、このままでは端境を越えられない。知水や先生は端境は見えるけれども、越すためには向こう側に誰か郷の人間が一人は必要なのだけど、誰もいない。

けれども、姉さんがいる。そしてたぶん美波ちゃんも。

猫は、四つ足の獣はその端境を、人間には辿るのが不可能なほんのわずかな幅しかない端境を寸分《すんぶん》の狂いもなく歩く。

端境を歩ければ、蘆野原には辿り着ける。

「ここは変わっていないね」

知水が言った。

右手に崖《がけ》、左手に山側の山道を登ってきて、左にゆっくりと曲がっていく道がふいに開ける場所だ。簡素だけれど丸太でしっかりと作られている小屋が二つある。ひとつは郷側に、ひとつはこちら側に。小屋の壁にも屋根にもあちこちに苔《こけ》が生《は》え周囲には草が長く伸びる。

端境の、ある場所だ。

向こう側にゆるやかに下っている山道がある。そこを歩いていけば蘆野原には小一時間で着く。

僕に見えないのは、しょうがない。僕が長筋だからだ。長になっていれば見えたんだろうけど。

「源偲だね」

知水が言うので慌《あわ》てて振り返るとそこには知水しかいなかった。姉さんも美波ちゃんも先生も百代《ももよ》さんもいない。

男である僕と知水しかいない。

「源偲なのか」

「初めてだけど、そうだね」

すると、姿が見えないだけでそこに皆はいるんだ。姉さんと美波ちゃん、先生、百代さんたちには僕と知水が見えていない。少しでも彼女たちに触《ふ》れてしまうと為せなくなってしまう。

〈源偲〉は男女が一緒に同じ方向に向かうことを決めたときに突然現れる霧のようなものだ。霧が立ちこめ周囲の人まで見えなくなってくる。普通の人なら、そう感じるはずだ。

「正也《まさや》さん、できる？　僕はたぶん動けない」

「たぶんな」

〈事〉を感じたりはできないけど、そこにいるのが人であるならその気配は感じることができる。

眼を閉じ、息を少しずつ吐《は》き腹の底に気を溜《た》める。何かが動けば当然空気の流れは起こる。その流れを読み取れば、決して触れはしない。何よりも先生がいるんだから、これは〈源偲〉だと悟って皆に動かないように言ってくれているだろう。

印を結び、印を切る。

「おもいごとしておもいたがわずたになりまことのおもいにかんじずかんぜずほうじてほうじてことよしろにむかえませ」

二度唱《とな》えて、また印を結び印を切る。

ゆっくりと眼を開けると、そこには皆がいた。

姉さんと美波ちゃんは、猫になっていた。

「猫になるところを見ました？」

知水が上楽先生に訊くと、先生は首を横に振った。

「あぁ〈源偲〉だわって思った瞬間にはもう二人とも猫になっていたの。でも、二人ともちょこんと地面に座ったまま動かなかったわよ」

まるでそうなることを知っていたかのように、と先生は言った。

二人は、二匹の猫は、まるで申し合わせたかのように動き出した。前を白い猫の姉さん、その尻尾《しっぽ》が触れるか触れないかの後ろに、茶色の猫の美波ちゃん。

ゆっくりと、でも確実に歩き出した。

「端境だよ。正也さん」

「うん」

僕には見えないけど、知水と先生には見えているんだろう。端境が。そしてその上をまっすぐに姉さんと美波ちゃんが歩いている。

歩いて、戻ってくる。

こっちに来なさい、とでも言うように僕たちを見上げる。その足跡を辿って、僕たちも端境を歩く。

そして姉さんと美波ちゃんは、僕と知水と先生と百代さんを蘆野原に導き入れてくれた。

戻ることができたんだ。

けれども、そこで見た蘆野原は。

知っている蘆野原ではなかった。

拾
Episode 10

偲郷《しきょう》

〈崎《みさき》出版社〉の西岡編集長がわざわざ家を訪ねてくれた。

半年もの間、まったくの音信不通だった僕たちを本当に心配していたらしい。

それはそうだろうと思う。僕たちもまさかそんなに長い間、何も連絡できない状態になるとは思ってもみなかったから。

もちろん、大学の君崎《きみさき》教授も佐々木《ささき》教授も心配してくれていた。少し長く休むことになると判ってはいたけれど、便り一通寄越《よこ》さないのは何かあったのかと気を揉《も》んでいてくれていた。戻ってきてすぐにまずは電話を入れて無事であることを伝え、後日に改めて伺《うかが》うことを約束していた。

西岡さんは、それを待ち切れずに来てくれたんだ。たぶん家には食べるものも何もないのだろうと、わざわざ社の車で米やら野菜やらを運んできてくれた。

季節は春を迎えていた。

いない間に何も手入れされていなかった庭だけど、遅咲きの桜は今年もちゃんと花芽をつけてくれていた。あと一週間も暖かい日が続けば咲くんじゃないだろうかと、多美《たみ》さんと話していた。

「まぁしかし皆が無事で何よりだったよ。元気なんだろう？　知水くんたちも」

「元気です。向こうで」

知水と美波ちゃん、そして百代さんはまだ蘆野原にいる。

僕と多美さんと上楽先生がこちらに帰ってきた。上楽先生はさっそく郷の皆との連絡をつけて新しい地廻しを作るために旅に出た。

僕は、いろいろと、今後のための始末をつけるためにしばらくはここにいなきゃならない。西岡さんに前借りした原稿料の分も一生懸命書いて返さなきゃならないし。

「それはまぁもちろんだが」

お茶を一口飲んで、頷きながら西岡さんは多美さんを見た。多美さんは、微笑んで少し含羞《はにか》んでいる。

「確かに若返っているね」

多美さんが微笑んだまま頷いた。

「ごめんなさい。面妖《めんよう》なことになってしまって」

いや、と、西岡さんは笑った。

「今までもさんざんいろんな不思議なことを教えられてきたからあえて驚きはしないが、〈理《ことわり》〉とやらで理解はできたのかい」

僕も、いや、と頭を横に振った。

「〈理〉の外で起こったことなので完全には無理ですね。でも、そうでなければならなかったであろうことは理解できます」

ひとつひとつ、最初から西岡さんには話していた。蘆野原のことを良く知る人たちにもきちんと理解してもらっておいた方がいい話だから。

これからの、この国のためにも。

「まず、蘆野原は、人里ではなくなっていたんですよ」

もちろん、一度閉じて誰も住まなくなっていたんだから、そういう意味でも人里ではなくなっていたんだろうけど。

「でも、人が住まなくなっても家や田圃《たんぼ》や畑、それに里山だって人が手を入れた山だから、人里の景色はずっと残りますよね？　たとえ草木が伸び放題で鬱蒼《うっそう》と茂ったとしても、ここは以前は畑だったな、田圃だったかな、というのはわかりますよね。廃屋になったとしても家の痕跡《こんせき》はありますよね」

「そりゃそうだ」

それが、綴じられたことで、すべて失われていた。

「田圃も畑も道も家も、何もかもなくなっていました。そこにあったのは、ある意味では太古《たいこ》の日本の姿そのものでした」

「太古の」

人が人としてその場所で地を耕《たがや》し、食《は》むものを育て蓄《たくわ》え、皆で生きていくことを決める前の、文字通り〈あるがまま〉の自然の姿。

西岡さんは口を覆《おお》うようにしてから首を捻《ひね》って考えていた。

「人里ではない？」

「蘆野原から人がいなくなって、たかが十数年だろう。それで家や、田圃や畑や道の跡までなくなるっていうのは」

言葉を切って、眉間《みけん》に皺《しわ》を寄せて考えていた。

「それはつまりあれだ」

「はい」

「推察《すいさつ》するに、そこにあった〈蘆野原〉は、ある意味では過去かあるいは未来の蘆野原だったってことになるのかい？　普通の時間の過ぎ方ではなかったということか」

「過去とか未来とかと表現しちゃうと大袈裟《おおげさ》でしょうけど、時間の経過をはっきりとさせた結果だったんでしょうね」

「時間の経過」

経過と、結果。

「たとえば、西岡さんのお宅の庭には確か向日葵《ひまわり》がありましたよね」

「あるね」

奥さんとお子さんが二人で戦後に植えたものだそうだ。何もかもなくなってしまったけれど、これからお日様の方を向いて生きていこうという希望を込めて。

「向日葵がどんなふうに育つか、見てきましたよね」

「見てきたね」

どんな蕾《つぼみ》を付けて、どんなふうに花開くのかはわかる。種が落ちて、また来年には同じように花が咲く。でも、まったく同じような花が咲いたとしてもそれは去年の向日葵の花とは違う。

同じでも、違う花。

「それと同じことが蘆野原にも起こったのだと僕たちは理解しました」

西岡さんが首を捻った。

「よくわからんが、蘆野原はあの世とこの世の境にある土地なんだよな」

「そうですね。俗っぽく言えばですけど」

「では、ある意味での再生、のようなことがその土地に起こったということか？ 輪廻《りんね》というか、転生《てんせい》というか、何かそういうようなものだ」

さすが出版社の編集長だと頷いてしまった。

「そういうことだと思います」

郷が、郷であるために一度人の記憶を全部捨てて、新たに生まれ変わっていた。それを僕たちに見せた。

そう〈理〉を僕らは理解した。

「山は、山でした。川は川でした。その姿は僕たちの記憶の中にある蘆野原そのままでした。でも、人によって手を入れられたものはすべてその姿を消していました」

「文字通り、生まれ変わった蘆野原だったのか」

「だと思いました。そうであるなら、残された郷の人間である僕たちのやることは決まっています」

新しい〈蘆野原〉を作ることだ。

自分たちの古里《ふるさと》ではなく、文字通りの故《ゆえ》ある郷を新しく作っていく。

「なるほどな」

大きく頷いて、西岡さんは多美さんを見た。

「それを、多美ちゃんは見てきたのか」

はい、と、多美さんは頷いた。

多美さんは、ずっと蘆野原にいたんだ。

猫になって姿を消して、そしてそのまま蘆野原に行ったんだ。行ってしまった。

もちろん、人としての記憶などない猫のままで。

「私は、気がつくと、蘆野原にいました」

そのときにはまだ蘆野原は昔のままの姿だった。住んでいる人こそいなかったけれど、家もあって田圃も畑も荒れ放題ではあったけれど、確かにそのままだった。

そしてそこに現れたのが、美波ちゃんだった。

猫の姿の、美波ちゃんだ。

多美さんも美波ちゃんも、今も自分が猫になることを判っていない。何せそのときの記憶がないから、判りようもないのだ。

判っていないけれど、二人しかいない蘆野原で過ごすうちに、二人はお互いに猫の姿になるところを、人の姿に戻るところを、お互いに人の姿のときに見てしまった。

多美さんは美波ちゃんを、美波ちゃんは多美さんを。まるで鏡のようにしてそれぞれのその姿を見て、そういうことなのか、と、理解はしている。理解はしているけれど、自分たちがそれぞれ猫の姿になるのはどうしてなのかは、今もまるで判らない。

判らないけれども、蘆野原の郷の人間にとって必要なときに自分たちは何かに導かれて猫になるのだろうということは肌で感じ取れた。

だから、ひょっとしたら、きっと自分たちもまたどこかの、そういう業《ごう》を背負った郷の者なのだろう、と思うことにした。

そして、僕たちを呼び寄せなきゃならないということも理解していた。けれども姉さんはそれを理解したときに人の姿になってしまっていた。猫として端境を越えられなくて、代わりに越えていったのが美波ちゃんだった。

「何もかも、何かに導かれて、か」

「そういうことだと思います」

自由に猫になることも戻ることもできない。

「美波ちゃんも同じです」

自分がどこから来てどうしてここにいるのかも判らなかった。けれども、蘆野原で多美さんと出会ってから、自分がするべきことが判った。

自分が、長筋である僕を連れてくるのだと。

「ひょっとしたら、多美ちゃんもそもそもあの日にその何処かの郷からやってきたのかもしれないってことだな」

「そういうことなんだと思っています」

僕たちは蘆野原の〈理〉を知る。けれどもそれはこの世の森羅万象《しんらばんしょう》を知っているということにはならない。この世には僕たちが知らない〈理〉もある。そして僕たちが知らない、蘆野原のようなどこかに繋《つな》がれた別の郷もあるのかもしれない。

西岡さんが、少し首を傾《かし》げながら多美さんを見て、そして僕を見た。

「多美ちゃんが若返ったのも、蘆野原の再生に巻き込まれた結果か」

「それもあると思います」

うーん、と腕を組んで西岡さんは天井を見上げた。なるほどなぁ、と感慨深げに頷き、また考える。

「新しく生まれ変わった故郷を、作るか」

「はい」

「じゃあ、あれか。さっきから違和感があったんだが」

「何でしょう」

「正也くんが姉さん、ではなく、多美さん、と呼んでいるのは」

にこり、と笑った。

「姉弟としてではなく、その新しい蘆野原を作るために、そこで夫婦として生きるってことを決めたからか？」

察《さっ》しが良過ぎて笑ってしまった。でも、どうやって伝えようか迷っていたから、助かった。西岡さんなら、多美さんと呼んでいることにすぐ気づいてくれるだろうとは思っていたけれど。

「二人で、そう決めました」

僕がそう答えると、多美さんが、顔を真っ赤にして俯《うつむ》いてしまった。

そうとしか思えなかったんだ。

知水と美波ちゃん、そして僕と多美さん。

それぞれに新しく生まれ変わる蘆野原で暮らしていき、その血を繋いでいく家族になる。その家族になれ、と、何かが教えている。多美さんが若返ったのは蘆野原の再生に立ちあったせいもあるんだろうけど、その意味でもそうなんじゃないかと。

西岡さんが少し笑った。

「和野《かずの》が言ってたよ。まだ君が幼い頃だ」

「何をですか？」

「多美ちゃんは、猫になってしまう。そういう多美ちゃんとずっと一緒に暮らしていけるのは正也くんではないかってな。二人は年が離れてはいるけれど、血は繋がっていないんだからって」

「そうなんですか？」

そんな話はまるで聞いていなかったけど。

「でも、まだしばらくは無理なんだろう。いくら血が繋がっていないと知っててお互いに育ったとは言っても、長い間姉弟として暮らしてきたんだ」

「実は、そうです」

僕が答えると、多美さんも、こくり、と頷いた。

多美さんと呼ぶことにしたけれども、まだ頭の中で姉さんと呼んでいる。多美さんも、自分の身体が若返っていることはわかっているけれども、僕より年下のようになってしまっていることに慣れていないし、何よりも生まれたときから知っている弟としての僕が心の中からまだ消えない。

「だから、そのときが来るまではこっちで暮らします」

それまでは、知水たちに蘆野原を任せておく。上楽先生が日本中を回って、郷に戻りたい人たちに伝えて、帰っていってもらう。

そうして、新しく開いた、開かれた蘆野原の郷を作ってもらう。

「しかし、男手が知水だけでどうするんだ。いくら蘆野原に居れば元気になるとはいえ、大変だろう」

「実は、丹水《たんすい》さんがいたんです」

「丹水って、泉水《いずみ》の兄貴がか！」

「そうなんです」

「生きていたのか？」

まさかとは思ったけれども、美津濃家の長男である丹水さんは戦争に行かずに一人で密《ひそ》かに蘆之里に移り住んでいた。もちろんそれは大変なことだから、誰にも知られないように、名前も変えて。

それは、夢枕に立った某々爺《ぼうぼうじい》によって〈理〉を知ったからだった。自分がそうすることによって、いつか蘆野原への端境が開かれ繋がることができると。

「土縣《ひじかた》家の居所も丹水さんは知っていました。水と土を司るその二つの家が蘆野原に戻れば、大丈夫です」

うん、と、西岡さんは頷いた。

「俺にもできることがあるなら協力する。何でも言ってくれ」

「ありがとうございます。でも、西岡さん」

「うん」

「僕と多美さんが蘆野原に戻ってからは、たぶん僕たちの子供たちが大きくなる頃には、蘆野原は閉じられたことと同じになるかもしれません」

「どうしてだ」

まだそうと決まったわけじゃないけれど。

「時代は、変わっていきます」

今も既《すで》に知る人が減っているのだから、やがて〈蘆野原〉の名前は人々の記憶から消えていく。

そして科学は進歩していく。

〈事〉は起こったとしても誰も怪異とは思わなくなるだろう。すべては特異な自然現象か、あるいは〈人〉の心が起こした不可思議な出来事として処理されていくようになっていくんだ。大昔、江戸の頃に妖怪の仕業《しわざ》と思われた不思議な出来事が、もうそうではないと誰もが思っているように。

だから、蘆野原の郷の人間は、〈事〉を為さなくても済んでいってしまう。

つまり、こっちに住んでいても郷の人間として〈事〉を為して生きていくことを業としなくてもよくなるのだ。

「蘆野原に住む者は、普通の人たちとの交流もどんどんなくなっていくでしょう」

蘆野原は不変の〈あまつちのち〉と繋がれた土地。そこに新しいものは必要ない。車もラジオもテレビも新聞さえもいらない。そういうものが必要だと思って決めた者は、郷を出て普通の人々と同じ暮らしをしていけばいいだけだ。

郷に暮らす者は、ひっそりと、静かに、ただ郷の暮らしを守って生きていく。郷を出たい人間は出て行く。留《とど》まりたい者は、留まる。そういうふうになっていくんじゃないかと思っている。

「しかしそれでは、再生する意味がないんじゃないか」

「ありますよ」

蘆野原は、〈偲郷〉だ。

それは〈事〉だ。

この国に住まう者なら誰もが一度は巡り合う〈事〉。たったひとつしかない、〈災厄〉ではない〈事〉。

この国に生まれた人は、生きていけばやがてそれに思いを馳せる。深く深く思い、求めて、守ろうとする。

「それが満ちたときにまた、蘆野原は繋がります」

この世と。

この国に生きる人たちと。

そのときのために、僕たちがそこで生きる。

この作品は2017年10月徳間書店より刊行されたものに、加筆修正をいたしました。なお、本作品はフィクションであり実在の個人・団体などとは一切関係がありません。

徳間文庫

猫《ねこ》ヲ捜《さが》ス夢《ゆめ》
蘆《あし》野《の》原《はら》偲《し》郷《きょう》

2021年6月15日 初刷

著者 小《しょう》路《じ》幸《ゆき》也《や》
発行者 小宮英行
発行所 株式会社 徳間書店
東京都品川区上大崎三-一-一 〒141-8202
目黒セントラルスクエア
電話 編集〇三(五四〇三)四三四九
販売〇四九(二九三)五五二一
振替 〇〇一四〇-〇-四四三九二
印刷 大日本印刷株式会社
製本

ISBN978-4-19-894651-7 (乱丁、落丁本はお取りかえいたします)